Korrektorat: Claudia Heinen – http://sks-heinen.de

Covergestaltung: ©Natalie Rabengut

Sie erreichen die Autorin unter rabengut@gmail.com und www.natalierabengut.com

Dreiviertelvoll

Natalie Rabengut

1 – Els

Ulrich strich mir über die Hüfte, bevor er aufstand, um das Kondom wegzubringen. Wie immer nach dem Sex überlegte ich, ob ich jetzt rauchen wollte oder nicht. Dann fiel mir wieder ein, dass es ohnehin ein Nichtraucher-Zimmer war, und ich rollte mit den Augen.

Ich drehte mich auf den Rücken und betrachtete die teure Holzvertäfelung an der Decke. Für einen Moment gab ich mich der perfekten Illusion hin und lächelte zufrieden. Der Sex war gut gewesen, aber das war er immer – sonst hätte ich mich gar nicht darauf eingelassen.

Die Tür zum Badezimmer ging auf, Ulrich sah auf mich herunter. Seine Augen glitzerten schon wieder und er streckte die Hand aus. Doch ich zog das elfenbeinfarbene Laken hoch und schüttelte den Kopf. »Entschuldige, aber ich muss morgen früh raus. Wenn ich nicht in der nächsten Viertelstunde ein Taxi nehme, komme ich nicht rechtzeitig ins Bett.«

Bedauernd beugte er sich vor und gab mir einen Kuss auf die Stirn. »Das ist ärgerlich. Aber mein Wecker geht morgen auch um kurz vor fünf, damit ich den ICE bekomme. Ich hasse es, auf Reisen zu gehen.«

Statt einer Antwort lächelte ich nur unverbindlich. Er schlüpfte zu mir unter die Decke und streichelte meinen Nacken. Für einen letzten Moment schloss ich die Augen. »Sehen wir uns am 15., wenn ich wieder da bin?«

Das Datum weckte eine Erinnerung in meinem Kopf. »Da kann ich nicht«, seufzte ich. »Du weißt, wie die Weihnachtssaison ist, da bin ich schon verplant.«

»Ach ja, richtig.« Aufrichtiges Bedauern lag in seiner Stimme. Nach einem flüchtigen Kuss auf seinen Mund stand ich auf und suchte meine Kleidung zusammen. Die Schuhe lagen direkt vor der Zimmertür, mein Etuikleid vor dem Bett, aber weder die Unterwäsche noch meine Strümpfe waren irgendwo zu sehen. Ein schneller Blick unters Bett bestätigte meinen Verdacht und ich bückte mich, um nach der Wäsche zu fischen.

»Ich habe eine Idee«, eröffnete Ulrich mir und lächelte dabei anzüglich. Neugierig sah ich ihn an, bevor ich mich umdrehte, damit er meinen Reißverschluss zuzog. Das hätte ich auch selbst gekonnt, aber wo wäre da der Spaß geblieben?

»Du sollst dich nicht langweilen, während ich weg bin, und deswegen habe ich etwas für dich arrangiert.«

Er konnte mein Stirnrunzeln nicht sehen – ich war kein großer Freund von Überraschungen. »Und das wäre?«

»Speeddating«, sagte er schlicht, als wäre damit alles gesagt.

Mit hochgezogener Augenbraue drehte ich mich um. »Läuft dieses Gespräch zufällig darauf hinaus, dass du mich abservierst?«

Ulrich lachte und hob die Bettdecke an, zeigte mir seinen stolz erigierten Penis. »Ganz im Gegenteil. Es wäre einfach eine Schande, eine so begehrenswerte Frau wie dich nicht zu teilen.«

Stumm schloss ich das Armband meiner Uhr und stieg in die spitzen Pumps. »Aha.« Mehr fiel mir dazu nicht ein. Es klang irgendwie anrüchig.

»Vielleicht springt für dich noch ein gutes Editorial dabei raus.«

Gut, jetzt hatte er mein Interesse geweckt. Während ich meine Haare durchkämmte, sagte ich: »Sprich weiter.«

»Du weißt schon, die moderne Welt, die moderne Liebe und so weiter. Das ist wirklich eher dein Job. Viel wichtiger ist der Teil, in dem du mich danach anrufst und mir alles detailliert erzählst.« Sein Schwanz zuckte unter der Decke.

Mein Mantel hing über der Stuhllehne, die Tasche stand davor. »Du willst wirklich, dass ich mit einem anderen Mann schlafe und dir davon erzähle?«

Zufrieden nickte er. »Oh ja, das wäre wirklich sexy.«

»Darüber muss ich nachdenken«, erwiderte ich knapp, gab ihm einen letzten Kuss und verließ das Hotelzimmer.

***

Von: els.stritsch@cherie-magazin.de
An: claudia.piene@yahoo.co.aus

Hallo mein Herz!

Ich hoffe, du denkst daran, dass du mir etwas von der Sonnenmilch schicken wolltest, die du mir letztes Mal so angepriesen hast. Es ist zwar noch etwas hin, bis man hier in Deutschland von Sommer sprechen kann, aber wer weiß, wie lange die Post braucht.

Geht es dir inzwischen besser? Ich kann immer noch nicht fassen, dass meine beste Redakteurin mich verlassen hat, um Koalas zu streicheln und sexy Surfer aufzureißen.

Nein, ich korrigiere mich: Den letzten Teil kann ich voll und ganz nachvollziehen.

Hier gibt es nicht viel Neues. Janine aus der Fotobearbeitung ist offenbar schwanger und wird Mitte nächsten Jahres in Mutterschutz gehen. Gert nervt mich immer noch in regelmäßigen Abständen mit den juristischen Belangen und ich könnte ihn jedes Mal erschlagen, wenn er sich auf meine Schreibtischkante hockt. Sandra hat jetzt die strikte Anweisung bekommen, ihn nicht mehr in mein Büro zu lassen.

Vielleicht besuche ich dich Anfang des neuen Jahres mal, Australien reizt mich schon. Aber wem mache ich etwas vor, als könnte ich einfach so Urlaub nehmen ...

Dir noch eine schöne Zeit!
Ich vermisse dich,
Els

Mit einem letzten Stirnrunzeln schickte ich die Nachricht ab und machte mich an den Stapel Post, den der neue Praktikant mir soeben gebracht hatte.

Claudia fehlte mir an allen Ecken und Enden, nicht nur in der Redaktion, auch die Cocktails nach Feierabend und die sonntäglichen Frühstücksrituale vermisste ich schmerzlich.

Dabei war es vermutlich genau das, was Gert brauchte. Das – oder eine saftige Ohrfeige.

»Und was hast du gestern Abend so getrieben?«, fragte er jetzt und riss mich aus meinen Gedanken.

»Wie bitte?«

»Na, vielleicht bist du ja jetzt mal dazu gekommen, das Buch zu lesen, das ich dir geliehen habe.«

Den Roman hatte er mir eher aufgedrängt als geliehen. »Tut mir leid, ich habe es immer noch nicht geschafft. Du weißt ja, wie das ist.« Als würde es meine billige Entschuldigung untermauern, klopfte ich auf den Stapel Papiere, der sich bedenklich hoch neben meiner Tastatur auftürmte.

»Natürlich. Natürlich. Daran habe ich gar nicht gedacht, du liest den ganzen Tag, da hast du sicherlich nach Feierabend keine Lust mehr darauf. Zufällig läuft die Verfilmung gerade in dem kleinen Kunstkino in der Prinzenstraße. Sollen wir uns die vielleicht ansehen?«

Um Himmels willen, lieber würde ich erst das Buch lesen und danach dreimal zum Speeddating gehen. Mein Herz begann schneller zu schlagen, als ich nach der passenden Ausrede suchte. »Wann wäre das denn?« Verzweifelt schielte ich dabei auf den Monitor, wo mein Kalender gut sichtbar prangte.

Siegessicher grinste Gert. »Am 12., das ist ein Samstag.«

Herrje, das roch ja geradezu nach einem Date. Dann sah ich die Rettung. »Ach, das tut mir leid. Hier siehst du«, ich deutete auf den Bildschirm, wo am 12. der Vermerk privat zu lesen war. »Da ist eine Familienfeier. Wie schade.«

Ich war ehrlich erstaunt, wie leicht die Lüge mir von den Lippen ging und dass mich kein Blitz traf, als ich zusätzlich noch das »wie schade« anhängte. Damit war die Entscheidung gefallen, ich würde das Speeddating besuchen. Meine Bürotür flog auf und Sandra stand im Türrahmen. »Denkst du an den Termin mit den Fotografen?« Dabei sah sie vielsagend auf die große Uhr an der Wand meines Büros.

Ich hatte keinen Termin. »Aber natürlich. Danke, dass du mich daran erinnerst.«

Gert blieb nichts anderes mehr übrig, als sich zu verabschieden. »Na gut, dann bis zum nächsten Mal.«

»Ja, ich bringe dir das Buch mit.«

Mit einem gequälten Lächeln schlich er an Sandra vorbei, die sofort die Tür hinter ihm schloss. »Es tut mir so leid«, fing sie an, obwohl ich sofort abwehrend die Hände hob. »Er hat einfach dein Essen beim Lieferanten abgefangen. Ich glaube, er ist über beide Ohren in dich verknallt.«

Entsetzt schloss ich die Augen und rieb mir über den Nasenrücken. »Das hatte ich auch schon befürchtet. Können wir ihn irgendwie feuern?«

Sandra lachte leise, schüttelte aber den Kopf. »Sag ihm doch einfach, dass du kein Interesse hast. Oder such dir einen Mann, dann ist das Thema erledigt, du ewiger Single.«

»Ich weiß nicht. Es kommt mir so eingebildet vor, ihm einfach zu sagen, dass ich ihn als Mann nicht interessant finde. Vielleicht will er gar nichts von mir und ich blamiere mich auf die Knochen.«

Sie nickte energisch. »Genau, und nächstes Jahr kommt die Dauerwelle als großer Trend zurück, in Kombination mit den Jogginghosen von Adidas, die an der Seite geknöpft waren, und Buffalos.«

Gegen meinen Willen lachte ich. »Wenn er mir beschissene Arbeit abliefern würde, dann könnte ich ihn so zusammenstauchen, dass er gar keine Lust mehr hätte, mit mir zu reden, aber leider ist er ja keiner der Schreiberlinge. Ach Sandra, was mache ich nur?«

»Eine Selbstschussanlage in Höhe seines Kopfes an deiner Tür installieren. Mit meinen 1,50 Metern kann ich da bequem drunter herlaufen.« Mit einem Zwinkern verschwand sie aus meinem Büro.

Seufzend griff ich nach meinem Rotstift und dem Artikel über die neuesten Trends aus dem Bereich der kosmetischen Operationen. Der Appetit auf Sushi war mir erst einmal vergangen.

***

Von: claudia.piene@yahoo.co.aus
An: els.stritsch@cherie-magazin.de

Liebste Chefredakteurin der Welt,

deine Gebete sind erhört worden. Ein ganzer Karton feinster australischer Produkte ist auf dem Weg zu dir – beziehungsweise zu Cherié, in der Hoffnung, dass er nicht am Zoll landet und beschlagnahmt wird. Das wäre eine Schande, das kann ich dir flüstern.

Aber keine Sorge, ich habe deinen Namen extragroß draufgeschrieben.

So. Wo fange ich an?

Willst du lieber, dass ich dich zusammenstauche, weil du diesem Vollpfosten von Juristen noch immer nicht verklickert hast, dass du ihn so sexy wie einen Telefonmast findest?

Oder soll ich von meiner heißen Nacht mit Cliff erzählen? Ich entscheide mich fürs Meckern: Du bist doch sonst nicht auf den Mund gefallen! Nur bei Männern kommt dieses höfliche Dauerlächeln. Ich verstehe das wirklich nicht. Scheuch ihn endlich weg und erzähl mir bitte nicht, dass du dich noch immer mit diesem Loser Ulrich triffst. Dass du ihn in den letzten E-Mails nicht erwähnt hast, hat mich doch neugierig gemacht.

Was findest du bloß an ihm? Oh, ich weiß: Du musst keine Verpflichtung eingehen. Tz, Els, also wirklich.

Die Idee mit dem Speeddating (noch mal: Was ist mit Ulrich los?), um neue Männer kennenzulernen, finde ich übrigens klasse. Mach das. Aber überstürz nichts – wer weiß, was für Typen da auflaufen. Das ist immerhin eine andere Liga, als sexy Surfer am Strand abzuschleppen. Womit wir wieder bei Cliff wären. Ein Wort: Bauchmuskeln.

Nenn mich oberflächlich, aber ich fürchte, nach den ganzen Leckerbissen hier werde ich nie wieder einen Mann ohne Sixpack daten können. Damit werde ich bis ans Ende meiner Tage mein Dasein im Fitnessstudio verbringen, um einen Mann mit Muckis und Gehirnmasse zu finden. Dramatischen Seufzer hier einfügen.

Herzchen, ich habe beschlossen, dir erst von Cliff zu erzählen (und ob es sich lohnt), wenn du Gert verklickert hast, dass er sich ans Ende der Welt verpissen kann. Nur bitte nicht mein Ende der Erde, die andere Seite wäre toll.

Dicker Kuss!

2 – Bertram

Obwohl ich seit einer Dreiviertelstunde an der Bar saß und so wenig wie möglich geblinzelt hatte, war ich genauso schlau wie vorher.

Keine einzige Lady hier glich der Beschreibung, die ich von Jennifer erhalten hatte. Was für eine blöde Idee war es bitte, eine mögliche Informantin auf einer solchen Veranstaltung zu treffen? Speeddating. Wer hatte den Quatsch überhaupt erfunden?

In einer Viertelstunde würde es losgehen, und wenn ich die Dame vorher nicht zu Gesicht bekam, würde ich tatsächlich teilnehmen müssen. Wenigstens war es auf eine Zielgruppe über 35 Jahren ausgelegt, ich würde mich also nicht von Teenie zu Teenie hangeln müssen.

Ein Blick zum Barkeeper reichte, damit er mein Wasserglas auffüllte. Am liebsten hätte ich mich mit einem guten Weißwein betrunken, aber ich musste fit bleiben. Ein roter Mantel und blaue Stiefel sollten eigentlich aus der Menge hervorstechen, oder?

Dabei beobachtete ich die Hotelhalle schon die ganze Zeit. Es war zum Heulen. Und ich war auch noch gezwungen, die Leute hier zu betrachten. Wie viele scheinbar absolut kein Stilgefühl besaßen oder sich in absoluter Dunkelheit angezogen hatten, war einfach unglaublich.

Wieder betrat eine Frau die Hotelhalle, doch da sie keinen roten Mantel trug, sah ich sofort zurück zu meinem Wasserglas. Was für ein Reinfall.

Ein leiser Gong verkündete den Beginn der Veranstaltung und ich stand bedauernd vom Barhocker auf. Dem Keeper ließ ich ein stattliches Trinkgeld liegen, weil er gar nicht erst versucht hatte, mich in ein nutzloses Gespräch zu verwickeln. Eine hübsche junge Frau lächelte mich an und riss mein Ticket ab. Ich betrat den Raum und sah mich um. Kein roter Mantel, weder an einer der Frauen noch am Garderobenständer. Eigentlich konnte ich auch wieder gehen. Aber dann wäre Jennifer sauer – vielleicht verspätete die Informantin sich nur.

Mit einem Ohr lauschte ich der Erklärung, wie das Ganze nun funktionieren würde. Als ob das Konzept so schwierig war. Bei jedem Klingeln würde ich einen Tisch weiterrücken müssen, um sinnlose Unterhaltungen zu führen, während die Frauen entspannt sitzen bleiben durften.

Dazu bekamen wir kleine Notizblöcke, die bereits bedruckt waren. Auf einer Skala von 1 bis 10 sollten wir verschiedene Kategorien beurteilen. Die Notizen würden nach der Veranstaltung ausgewertet werden und schon würde ich die Frau fürs Leben gefunden haben.

Die Leiterin klatschte begeistert in die Hände und die Frauen nahmen Platz. Als die dezente Klingel ertönte, wartete ich kurzerhand, bis alle Männer saßen, und nahm den letzten freien Platz. Höflich lächelte ich die Blondine auf der anderen Seite an, bevor ich meinen Blick schweifen ließ.

Tatsächlich war einer der Tische leer, was entweder bedeutete, dass eine der Frauen fehlte oder ein Tisch zu viel aufgebaut worden war. Es war ärgerlich, dass ich nicht sagen konnte, welche Möglichkeit wahrscheinlicher war.

Die Blondine räusperte sich dezent. Sie erwartete ein Gespräch, richtig. Da es vermutlich auffallen würde, wenn eine weitere Person den Raum betrat, konnte ich ebenso gut mit der Dame reden. Sie konnte ja nichts für meine schlechte Laune. Für einen Moment erwog ich, die gleiche Nerd-Nummer abzuziehen, dich ich stets meinem Bruder und seiner Frau präsentierte, entschied mich dann aber dagegen.

»Entschuldigung. Ich wollte nicht unhöflich sein, ich bin nur etwas aufgeregt. So viele attraktive Frauen auf einem Haufen.« Mit den Fingern fuhr ich unter meinen Hemdkragen, als wäre mir furchtbar heiß und versuchte es mit einem verlegenen Lächeln. Sofort wurde ihr Gesichtsausdruck weicher. Ich deutete auf ihr Kleid. »Jil Sander? Exzellenter Geschmack.«

Jetzt erwiderte sie mein Lächeln, strich sich die Haare zurück, während eine leichte Röte in ihren Wangen auftauchte. »Danke, Bertram. Was machen Sie beruflich?«

Gute Frage. Jil Sander wollte schließlich finanziert sein. »Ach, nur ganz furchtbar langweiligen Computerkram. Und Sie?«

»Eigentlich habe ich Architektur studiert, aber ich lasse mich gerade scheiden.«

Das war ein Code, für den man nicht unbedingt mehrere Programmiersprachen beherrschen musste. Aktueller Ehemann musste gegen neueres Modell ausgetauscht werden – das war eine Vollzeitbeschäftigung. Allerdings ließ der Herr, der zwei Stühle weiter saß, Barbara, wie ich jetzt gelernt hatte, nicht aus den Augen. Ihr Abend würde also erfolgreich verlaufen.

Abgesehen von einer gemeinsamen Vorliebe für thailändisches Essen stellten wir nichts weiter fest, was uns verband, und bald darauf erlöste das Klingeln mich.

Zwei weitere Frauen auf Ehemannjagd später saß ich am Tisch einer Dame, die selbst nicht sonderlich erpicht auf ein Gespräch zu sein schien. Der Nachteil an der Altersklasse, an die sich dieses Speeddating richtete, war der Wille, unbedingt zügig zu heiraten.

Ich hatte nur einen flüchtigen Blick auf sie geworfen, bevor ich weiter die Tür im Auge behielt. Die vorherigen drei Ladys hatten meine Geduld leider schon aufgebraucht. Zum wiederholten Male sah ich auf meine Armbanduhr.

»Wow, die ersten Männer waren schon nicht unbedingt feinfühlig. Aber Sie sind einfach nur unverschämt«, hörte ich sie hinter meinem Rücken sagen.

Irritiert drehte ich mich um. »Entschuldigung. Ich bin auf der Suche nach jemand Besonderem.«

Sie rollte mit den Augen und schnaubte. »Natürlich. Sind wir das nicht alle?« Dazu verschränkte sie die Arme und rümpfte ihre Nase.

»Gut, dann lassen Sie mich es anders formulieren: Ich habe kein Interesse daran, zu heiraten, und es ist ganz bestimmt toll, in der Freizeit im Museum auszuhelfen, aber ich habe keine Zeit für diesen Unsinn.«

Ihre Nasenspitze wanderte weiter nach oben. »Sind Sie eigentlich nur eingebildet oder zusätzlich noch verrückt?«

Verblüfft blinzelte ich und nahm mir erst jetzt die Zeit, sie wirklich anzusehen. Sie war atemberaubend schön. Es war mir ein Rätsel, wie mir das hatte entgehen können.

Die roten Haare waren zu einem eleganten Knoten auf ihrem Kopf geschlungen, die bernsteinfarbenen Augen funkelten empört und ihre vollen Lippen waren verächtlich gekräuselt. Sie mochte mich nicht, das hatte ich versaut.

Dabei konnte ich jetzt kaum noch wegsehen. Ihr feines Gesicht war mit milchweißer Haut und unzähligen Sommersprossen gesegnet. Die schmale Nase war perfekt geformt, die Augenbrauen besaßen den gleichen rötlichen Ton wie ihre Haare.

War das Lippenstift oder schimmerten ihre Lippen von alleine so?

»Warum?«, fragte ich und hob abwehrend die Hände. Ich musste das Steuer herumreißen. Die Frau hatte etwas an sich, das ich näher ergründen wollte.

Ihre Mundwinkel zuckten. »Sie wissen weder wer ich bin, noch haben Sie überhaupt gefragt – aber Hauptsache, alle Anwesenden über einen Kamm scheren. Im Idealfall springt hier heute Abend ein netter One-Night-Stand raus, den ich morgen früh wieder los bin. Ich bin nicht daran interessiert, mir eine Beziehung anzulachen, geschweige denn zu heiraten.«

Aus irgendeinem Grund versetzten ihre Worte mir einen Stich. »Gut, wie heißen Sie und was machen Sie beruflich? Es tut mir leid, dass meine Geduld schon dadurch aufgebraucht wurde, dass ich heute Abend nur dreimal kurz der Ehe entkommen bin.«

Ihre Mundwinkel zuckten leicht, doch sie mochte mich noch immer nicht. »Mein Name ist Els Stritsch und ich bin die Chefredakteurin von Cherié.«

Oh je. Da hatte ich mich gründlich verschätzt, um aus dem Loch wieder herauszukommen, musste ich alles geben. »Das erklärt den guten Geschmack und die Vorliebe für Jason Wu.«

Els' Miene änderte sich und ich war wieder im Rennen, damit hatte ich sie definitiv überrumpelt. Mir fiel auf, dass ihr Handy neben dem kleinen Notizblock lag.

Sofort juckte es mir in den Fingern, mehr über sie herauszufinden, aber das sollte ich lieber bleiben lassen.

»So, und was machen Sie beruflich?« Ihr Tonfall war noch immer recht frostig.

»Ich arbeite als freier IT-Spezialist für verschiedene Institute, Firmen und Organisation.« Es klang ja so nett, wenn ich es so formulierte. Els nickte unbeeindruckt. Klar, in ihrem Job war sie vermutlich die ganze Zeit von erfolgreichen Männern und – noch viel schlimmer – männlichen Models umgeben.

Aber was machte eine Frau wie sie hier? Das hatte sie doch wirklich nicht nötig, vor allem, wenn sie nicht auf Männerfang war, wie sie behauptete. Wenn es ihr nur um den schnellen Sex ging, konnte sie doch sicher in jeder x-beliebigen Bar eine Handvoll Männer aufreißen, die sich prügeln würden, um mit ihr nach Hause zu gehen.

»Els ist ein ungewöhnlicher Name«, versuchte ich jetzt, ein Gespräch anzufangen und den miesen ersten Eindruck wieder wettzumachen. Warum wusste ich selbst nicht so genau.

»Meine Mutter ist Holländerin.« Knappe Antwort, steife Körperhaltung.

»Aber es ist ein schöner Name.« Oh Gott, wie lahm war das denn? Die Klingel erlöste mich von meinem Leiden. Gleichzeitig nahm sie mir aber auch die Möglichkeit, Els für mich zu gewinnen. Instinktiv griff ich über den Tisch und drückte kurz ihre Hand. »Es tut mir leid, ich habe mich unmöglich benommen.« Dann stand ich auf, da der Herr hinter mir schon ungeduldig darauf wartete, Els in die Finger zu bekommen. Sie schenkte mir lediglich ein höfliches Lächeln und nickte knapp.

Verdammt.

Am nächsten Tisch musste ich mich ganz schön konzentrieren, um meiner Tischdame folgen zu können, während sie vor sich hinplapperte. Vor allem als ich Els zum ersten Mal lachen hörte, verspürte ich einen scharfen Stich der Enttäuschung, weil ich sie beleidigt hatte, statt sie zum Lachen zu bringen.

Spontan beschloss ich, den Kampf für verloren zu erklären, aber die Schlacht noch lange nicht.

***

Von: els.stritsch@cherie-magazin.de
An: claudia.piene@yahoo.co.aus

Liebes Luder,

ich dachte, der Deal war, dass ich mich nicht über deinen Männerverschleiß und deine Angewohnheit, dich in das erstbeste Arschloch zu verlieben, auslasse, wenn du mich mit meinen Männerproblemen in Ruhe lässt.

Ich treffe Ulrich noch regelmäßig und der Sex ist umwerfend. Das reicht doch für den Anfang. Und jetzt will ich alles über Cliff wissen.

Kuss
Els

PS. Ich arbeite daran, es Gert schonend beizubringen. Aber Sandra ist im Moment noch achtsamer mit meiner Tür. Heute ist das Speeddating. Sei auf meinen Bericht gespannt.

3 – Els

Erleichtert atmete ich tief ein, als ich in die kalte Nachtluft trat. Die Hitze in dieser Hotelhalle war am Ende kaum noch auszuhalten gewesen. Ich war froh, dass dieses Speeddating vorbei war. Mehr als Ulrich zu berichten, dass es ein kompletter Reinfall gewesen war, konnte ich nicht tun.

Mit Unbehagen dachte ich daran, wie es abgelaufen war. Natürlich hatte sich der einzige Mann, den ich optisch wirklich ansprechend gefunden hatte, sich als totaler Idiot entpuppt und jeder andere war einfach schrecklich anbiedernd gewesen. Da konnte ich genauso gut mit Gert ausgehen, also wirklich! Meine Absätze klapperten auf dem Asphalt. Am Ende hatten wir dann noch diese dumme Auswertung abwarten müssen. Ich hätte aus allen Männern wählen können – welch Überraschung in Anbetracht der Tatsache, dass ich scheinbar die einzige Frau im Raum gewesen war, die nicht auf einen Ehemann aus war. Leider war mein Abstimmungszettel leer gewesen und ich war einfach mit einem höflichen Lächeln gegangen.

»Els, warte!«

Was wollte der Kerl denn jetzt noch von mir? Bertram war sein Name gewesen und er war genauso attraktiv wie ätzend.

Langsam drehte ich mich um. »Ja?«

Seine strahlenden Augen konnten einen mühelos in den Bann ziehen. Die Farbe war irgendwo zwischen blau und grün angesiedelt, doch sie wirkten so durchdringend, als würden sie die ganze Zeit von einer Lichtquelle angestrahlt werden. Auch jetzt funkelten sie und sorgten für einen kleinen Schauer auf meinem Rücken. Seine Haare waren ebenso undefinierbar, je nach Lichteinfall wäre ich bereit gewesen zu schwören, dass sie entweder dunkelblond oder hellbraun waren. Seine Nase war eigentlich perfekt, bis auf eine kleine Narbe auf dem Nasenrücken, was mich direkt zu der Frage führte, ob sie vielleicht mal gebrochen gewesen war. Am interessantesten fand ich allerdings seinen markanten Unterkiefer, denn ich hatte unter anderem eine kleine Vorliebe für Kinngrübchen.

»Du hast dein Handy vergessen.« Er erreichte mich jetzt und hielt mir mein Smartphone entgegen.

Für einen kurzen Moment rutschte mein Magen einige Etagen tiefer. Das Ding war mein Leben! Wie hatte ich es vergessen können? Dafür würde ich ihn jetzt nicht umbringen, weil er mich einfach geduzt hatte.

»Außerdem wollte ich mich noch einmal entschuldigen, weil ich mich so unmöglich aufgeführt habe. Ich wollte dir eine Ohrfeige anbieten.«

Während ich das Handy aus seiner Hand nahm, zog ich eine Augenbraue hoch. »Eine Ohrfeige?«

»Ja, vielleicht könnten wir noch einmal von vorne anfangen, wenn du deine Wut auf mich mit einer Ohrfeige abbauen könntest«, schlug er vor.

Ich lachte. Mist, dabei hatte ich hart bleiben wollen. »Schon in Ordnung. Ich muss zugeben, dass ich nach dem zweiten Mann ebenfalls ein paar Vorurteile parat hatte.«

»Im Gegensatz zu mir scheinst du aber clever zu sein und sie für dich behalten zu können.« Er grinste mich schuldbewusst an, und während ich sein gut geschnittenes Gesicht betrachtete, fällte ich eine spontane Entscheidung, die ich bei dem Verlauf des Abends nicht erwartet hatte. »Kann ich dich auf einen Drink einladen?«

Bertram blinzelte schnell und kam einen Schritt näher. »Ich glaube nicht, dass ich zulassen kann, dass du mich einlädst, wenn ich mich schon so unmöglich verhalten habe. Viel eher sollte ich dich einladen.«

Mein Lächeln vertiefte sich und ich senkte ein wenig den Blick. »Es wäre irgendwie komisch, wenn du bei mir zu Hause für die Getränke bezahlen würdest.« Ganz schnell klopfte mein Herz, so forsch war ich eigentlich selten. Aber der Ausdruck auf seinem Gesicht war es wert.

»Na, das habe ich jetzt nicht kommen sehen.«

»Glaub mir, ich auch nicht. Sollen wir ein Taxi nehmen?«

Er zauberte einen Autoschlüssel aus der Hosentasche. »Ich parke gleich hier in der nächsten Seitenstraße.«

Schnell nickte ich und er bot mir seinen Arm an. Geschmeichelt hakte ich mich unter und ging neben ihm her. Der Schnee war größtenteils von den Bürgersteigen geräumt worden und wir mussten nicht allzu viele Haken schlagen. So in der Nähe konnte ich sein Aftershave erahnen und fragte mich gleichzeitig, was Ulrich wohl zu meiner Wahl sagen würde. Der Gedanke sorgte für ein Kribbeln in meiner Magengrube.

Vor einem silbernen Volvo blieb Bertram stehen und hielt mir die Beifahrertür auf. Während ich wartete, dass er das Auto umrundete, nahm ich den Sticker von der Autovermietung zur Kenntnis. Kam er möglicherweise gar nicht von hier?

Bertram stieg ein, startete den Motor und fragte mich: »Lotst du mich oder soll ich das Navi anmachen?«

»Nicht nötig, du musst einfach nur der Straße folgen und an der großen Kreuzung rechts abbiegen. Aber ich sage früh genug Bescheid.«

Er folgte meiner Anweisung und ich faltete meine Hände im Schoß. Die üblichen Fragen, mit denen man Gesprächspausen mit flüchtigen Bekannten füllt, gingen mir durch den Kopf. Doch ich schwieg.

Er unterbrach schließlich die Stille. »Darf ich etwas Persönliches fragen? Du musst nicht antworten, aber es beschäftigt mich doch schon den ganzen Abend.«

»In Ordnung.«

»Du bist so unfassbar attraktiv. Wie kommt es, dass du heute Abend an dieser Veranstaltung teilgenommen hast, wenn du doch sicher mit viel weniger Mühe einen Mann erobern könntest?«

Um mein Lächeln zu verbergen, blickte ich aus dem Fenster in die Dunkelheit. Die Straßenbeleuchtung funkelte in der kalten Luft und die Schneeberge dämpften die Geräusche. Ich liebte den Winter.

»Wer sagt, dass ich nicht schon längst einen Mann erobert habe?«, fragte ich leise.

Ohne dass ich ihn dazu auffordern musste, setzte Bertram an der richtigen Kreuzung den Blinker und bog ab. »Ich fürchte, ich verstehe nicht ganz.«

»Du setzt voraus, dass ich Single bin.« Dann deutete ich auf die Straße. »Da vorne, der Bungalow hinter der alten Straßenlaterne. Du kannst gern in die Einfahrt fahren.«

Die Garage war ohnehin leer, weil ich kein Auto besaß. Aber so lange, dass ich ihm anbieten würde, sie zu benutzen, würde er vermutlich nicht bleiben.

»Gut, da ist ein Fehler in meiner Theorie. Bist du verheiratet?« Er fragte es ganz nüchtern und sah mich direkt an, nun, da das Auto stand.

Langsam schüttelte ich den Kopf. »Nein, ich treffe mich manchmal mit jemandem und es war seine Idee, dass ich zum Speeddating gehe.«

»Hm«, machte Bertram und strich sich über das Kinn. »Darüber muss ich nachdenken.«

Er stieg aus, umrundete wieder das Auto und half mir beim Aussteigen. Irgendetwas an der Geste sorgte für weiche Knie bei mir. Mit gestrafften Schultern ging ich zur Haustür und öffnete sie.

Das Licht flammte auf, als ich den Schalter betätigte und Bertram schloss die Tür hinter uns. Wie ein vollendeter Gentleman nahm er mir den Mantel ab und hängte seinen eigenen ebenfalls an die Garderobe. Ich zeigte ihm den Weg ins Wohnzimmer und fragte dann: »Wasser, Kaffee oder Champagner?«

Bertram musterte mich eingehend und sagte: »Bevorzugen würde ich den Champagner, aber ich fürchte, dann kann ich nicht mehr fahren.«

Verlegen überprüfte ich den Sitz meiner Frisur und räusperte mich leise. »Das ist in Ordnung.«

Dann drehte ich mich schnell um und verschwand in die Küche. Ich stützte mich an der Anrichte ab und fragte mich für einen kurzen Moment, was ich hier eigentlich tat. Das war doch verrückt, oder?

Es war Ulrichs Idee gewesen und im Grunde hatten wir uns nie auf Exklusivität geeinigt, aber ein merkwürdiges Gefühl war es trotzdem. Auf der anderen Seite wusste ich auch nicht, was Ulrich in seiner übrigen Zeit so trieb – und es interessierte mich nicht.

Was mich dafür umso mehr interessierte, war der attraktive Mann in meinem Wohnzimmer. Mit zittrigen

Fingern schaffte ich es so gerade eben, den Korken aus der Flasche zu entfernen. Obwohl ich Übung hatte, kam es mir vor, als würde ich es zum ersten Mal machen. Hoffentlich ging es mir nicht gleich im Schlafzimmer so.

Als ich meinen Gedanken nachverfolgte, bemerkte ich, dass ich tatsächlich darauf brannte, mit Bertram ins Bett zu gehen. Ich traf mich schon länger mit Ulrich und ich wollte nicht sagen, dass sich Routine eingeschlichen hatte, aber ein frischer Wind konnte nicht schaden.

Außerdem fühlte ich mich gerade sehr begehrt. Mit zwei Gläsern bewaffnet ging ich wieder ins Wohnzimmer und hoffte, dass er mir die leicht erhöhte Körpertemperatur nicht ansah.

Bertram stand vor meinem Bücherregal und studierte das Angebot. Seine Finger verharrten über der gebundenen Ausgabe von *Südlich der Grenze, westlich der Sonne* und ich war seltsam gerührt, da es eines meiner Lieblingsbücher war.

»Eine beeindruckende Sammlung«, sagte er, ohne sich umzudrehen.

»Danke.« Die Gläser stellte ich auf dem Wohnzimmertisch ab und versuchte herauszufinden, wo ich mich hinsetzen sollte. Bei mir zu Hause fühlte es sich ungewohnt an, weil ich mich inzwischen daran gewöhnt hatte, mich mit Ulrich im Hotel zu treffen.

»Die Frau meines Bruders ist Schriftstellerin«, erklärte er jetzt und zog einen Krimi aus dem Regal. »Das ist sie.«

Interessiert kam ich näher. »Aber natürlich, wir haben das Buch letzten Sommer als unbedingtes Muss für die Strandlektüre empfohlen. Wie klein die Welt doch ist.«

Mit nur einer Bewegung stellte Bertram es zurück und wandte sich mir zu. Er sah sich suchend um, bis er den Champagner entdeckte. »Ich versuche immer noch herauszufinden, wie ich es zu verstehen habe, dass ein Mann dich zum Speeddating geschickt hat. Ist er nicht ein ziemlicher Idiot?«

Die Frage überraschte mich und ich war froh, dass ich erst einmal an meinem Glas nippen konnte. »Ich denke nicht«, gab ich vage zurück.

Er zuckte mit den Schultern. »Das Gegenteil dürfte der Fall sein. Du bist so attraktiv, dass ich es niemals riskieren würde, dich durch so einen dummen Schachzug zu verlieren.«

Seine Ehrlichkeit und die Intensität seiner Worte machten mich für einen Moment sprachlos. »Es ist kompliziert«, murmelte ich nur und spielte mit dem Stiel meines Glases.

»Im Grunde geht es mich auch nichts an. Ein sehr schöner Bungalow.« Spielend wechselte er das Thema und kam dabei langsam näher. Das aufgeregte Prickeln in meiner Körpermitte verstärkte sich, ohne dass der Champagner seine Finger im Spiel hatte.

»Danke. Ich brauche einen Rückzugsort von der Arbeit.«

Bertram lächelte und deutete auf den Stapel Papiere auf dem Wohnzimmertisch. »Und trotzdem lässt sie dich nie so ganz los.«

»Das ist richtig. Aber manchmal suche ich bewusst ein wenig Ablenkung.«

Er nickte und nahm mir das Glas aus der Hand. Mein Hals wurde trocken, als ich zusah, wie er die Gläser abstellte. Ganz dicht vor mir blieb er stehen und bat: »Würdest du deine Haare aufmachen? Ich frage mich schon die ganze Zeit, wie lang sie wohl sind.«

Es war eine simple Bitte, die ich ihm erfüllen konnte. Mit zwei Handgriffen hatte ich die Haarnadeln entfernt und meine langen, von Natur aus glatten Strähnen fielen über meine Schultern.

»Wer hätte gedacht, dass du noch begehrenswerter werden kannst«, murmelte er und strich mit seiner Hand durch meine Haare. Er verharrte bei meinem Nacken und zog mich zu sich. Unsere Lippen berührten sich und ich wusste instinktiv, dass es eine gute Entscheidung gewesen war, ihn doch mitzunehmen.

Sein anderer Arm legte sich um meine Taille und unsere Körper berührten sich nun fast ganz. Die Hitze wurde zunehmend unerträglicher und ich wollte nur noch aus meiner Kleidung steigen.

Ganz entspannt eroberte er mich, seine Zunge glitt zwischen meine Lippen, dabei ließ er sich alle Zeit der

Welt. Seine Finger erkundeten meinen Körper, zuerst ganz züchtig über dem Stoff, der Kuss machte mich atemlos.

Meine Nippel hatten sich hart aufgerichtet und die Feuchtigkeit sammelte sich langsam zwischen meinen Schenkeln. Ich legte meine Hand auf seine Wange, spürte die glatte Haut und im Kontrast dazu die kratzigen Bartstoppeln. Wie er wohl morgen früh mit einem leichten Bartschatten aussehen würde?

Irgendwann stöhnte ich leise auf. Bertram löste sich von mir und fragte mit dunkler Stimme: »Wo ist dein Schlafzimmer?«

Ich nahm seine Hand und führte ihn den Flur hinunter zur letzten Tür. Der Raum war schlicht eingerichtet, die Wände waren hellgrau gestrichen, die Möbel waren ausschließlich weiß. Viele waren es nicht, denn mein Kleiderschrank befand sich im Nebenraum.

Mein großes Doppelbett dominierte den Raum. Momentan war es mit lindgrüner Bettwäsche bezogen. Davor lag ein flauschiger Teppich, der mir jeden Morgen, wenn meine Füße ihn berührten, gute Laune machte.

Bertram blieb hinter mir stehen und zog völlig selbstverständlich den Reißverschluss meines Kleides hinunter. Dabei küsste er meine entblößte Schulter.

Schnell waren wir beide nackt und ich schlug einladend die Decke zurück. Natürlich konnte ich nicht anders, als Bertram ausgiebig zu betrachten. Dafür, dass er angeblich irgendetwas mit Computern machte, war er ganz schön trainiert.

Da ich oft genug für Fotos posieren musste, ging ich selbst dreimal in der Woche ins Fitnessstudio und wusste, dass ich mich nun wirklich nicht schämen musste. Aber Bertram war ein verdammt gut aussehender, gut gebauter Mann und ich musste mir den Vergleich zu Ulrich wirklich verkneifen.

Seine warme Haut fühlte sich angenehm an meiner an und ich rückte noch weiter in die Mitte des Bettes. Bereitwillig schlang er die Arme um mich und küsste mich. Seine Finger glitten über meine Rippen, hinterließen eine Reihe süßer Schauer. Unruhig presste ich meine Schenkel zusammen, meine Klit antwortete ungeduldig.

Auch ich wollte diesen Moment auskosten. Meine Fingerspitze zeichneten die Konturen seiner Schultermuskeln nach, glitten an seinem Nacken empor, bevor ich seinen Hals dort streifte, wo sein Puls pochte.

Irgendwie war das Ganze so herrlich unaufgeregt, ich fühlte mich vollkommen wohl, gar nicht nervös oder so, als wüsste ich nicht, was mich erwartete. Dabei wusste ich es ja wirklich nicht.

»Leg dich auf den Bauch«, murmelte Bertram zwischen zwei Küssen und ich ließ mich nicht zweimal bitten.

Wohlig seufzte ich, als er damit begann, meinen Nacken und meine Schultern zu massieren. Es war wun dervoll und nach wenigen Minuten fühlte ich mich wie geschmolzene Butter. Ich hätte mich gern revanchiert, aber Bertram machte weder Anstalten aufzuhören, noch hätte ich den Arm heben können.

Inzwischen war er bei meinen Waden angelangt und arbeitete sich wieder sanft nach oben. Es zog in meinem Unterleib und ich hoffte zutiefst, dass er sich dieses Mal vielleicht auch um meinen Po kümmern würde.

Ich wollte, dass er mich absolut überall berührte. Als stumme Aufforderung spreizte ich meine Schenkel ein wenig. Seine Antwort bestand aus einem Kuss zwischen meine Schulterblätter, dann drehte er mich um.

Verwirrt blinzelte ich ihn aus kleinen Augen an. Doch als ich mich aufrichten wollte, weil ich ihm nun den Rücken massieren wollte, legte er eine Hand auf meinen Bauch und hinderte mich.

Stattdessen bedeckte er mich mit seinem Körper, stützte sein Gewicht auf den Ellenbogen ab und betrachtete mein Gesicht, bevor er den Kopf senkte und mich erneut küsste. Unsere Zungen berührten sich und ich hätte am liebsten gestöhnt, so erotisch war unser Spiel.

Sein harter Schwanz rieb über meinen Oberschenkel, bevor er sich aufrichtete und nach dem Kondom griff, das wie durch Zauberhand auf dem Nachttisch aufgetaucht war. Dann ließ er sich wieder sinken und ich schlang gierig die Schenkel um seine Taille.

Zart knabberte ich an seiner Unterlippe, bis ich durch mein eigenes Stöhnen unterbrochen wurde, weil er mit einem kraftvollen Stoß in mich drang. Oh Gott, es war fantastisch.

Er wickelte meine Haare um seine Hand und zwang mich so dazu, ihn anzusehen. Seine schönen Augen waren merklich dunkler als vorher, schimmerten fast grün. Ich konnte nicht genug davon kriegen, seine Lippen auf meinen zu spüren, und hob ihm bittend das Gesicht entgegen. Weit kam ich nicht, aber er verstand auch so und glitt mit der Zungenspitze über meine Lippen, bis ich sie öffnete.

Meine Lustperle pulsierte und meine Nippel pochten, mein ganzer Körper schien mehrere Hundert Grad heiß zu sein. Leise keuchte ich an seinem Mund, hob mein Becken an. Ich wollte ihn noch mehr, tiefer, härter spüren und erbebte unter jedem Stoß.

Kurz darauf schloss ich die Augen und tausend kleine Funken explodierten hinter meinen Lidern. Meine Bauchmuskeln zuckten und ich zitterte am ganzen Körper, während ich jede einzelne Welle der Lust auskostete.

Irgendwann fiel mir auf, dass meine Zehen schmerzten und es kostete mich große Mühe, sie wieder zu entkrampfen, so hart war ich gekommen. Bertram stöhnte leise an meinem Ohr und liebkoste mit den Lippen die empfindliche Stelle unter dem Ohrläppchen. Er spannte sich an und ich spürte, wie sein harter Schaft in mir zuckte.

Aus einer Laune heraus umfasste ich sein Gesicht mit beiden Händen und küsste ihn. Bertram sah mich überrascht an, bevor er dezent von mir herunterglitt und die Decke über unseren Körpern ausbreitete.

Zufrieden ließ ich meinen Kopf ins Kissen sinken.

***

Von: claudia.piene@yahoo.co.aus
An: els.stritsch@cherie-magazin.de

Ach Sweetie,

du bist unverbesserlich. Ich bin eine Romantikerin, das weißt du doch. Wie kann man sich denn den möglichen Mann fürs Leben entgehen lassen? Dass man vorher ein paar Nieten zieht, ist doch klar.

Das ist immer noch besser, als darauf zu warten, dass eines Tages der Traumprinz mit – in deinem Fall einem Strauß Schneeglöckchen, in meinem rosafarbene Rosen – auftaucht, weil er das telepathisch erahnt hat und dich auf ein mitternächtliches Picknick entführt. Warten bringt nichts. Wie die patente Australierin sagt: Bitches get shit done.

Okay, das waren Amy Poehler und Tina Fey, aber die Botschaft bleibt die Gleiche. Natürlich brauchen wir beide nicht zwangsläufig einen Mann in unserem Leben, aber manchmal ist es doch ganz nett. Ich meine, ich habe schon die 4 vorne in meinem Alter und bei dir ist es auch nicht mehr lange hin. Vielleicht sind irgendwann alle guten Männer weg und du ärgerst dich, es nicht wenigstens mal ausprobiert zu haben. Zu Cliff, stell dir vor, wie es klingt, wenn ich schnurre. Schnurre wie nach einem Lava Chocolate Cake mit flüssigem Karamellkern – so habe ich die ganze Nacht geschnurrt.

Eine Haut wie Zartbitterschokolade und ein Schwanz – sagen wir einfach groß, bevor ich mich in schlechten Vergleichen verliere. Ich glaube, so gut hat mich bisher noch niemand geleckt. Du solltest mich wirklich besuchen kommen, dann gebe ich dir seine Nummer. Da er nicht viel redet, dafür aber auf eine sehr ansprechende Art stöhnt, musst du dich auch gar nicht erst an seinen australischen Akzent gewöhnen. Allein das wäre den Flug wert. Versprochen.

xoxo
C.

4 – Bertram

Das Mondlicht fiel durch die großen Fenster herein, weil sich keiner von uns die Mühe gemacht hatte, die Jalousien herunterzulassen.

Els' Haut war so hell, dass ich trotz der Dunkelheit die Sommersprossen auf ihrer Schulter erkennen konnte. Sorgsam zog ich Decke wieder hoch und deckte sie zu. Sie schlief friedlich, während ich hellwach neben ihr lag.

War es das, was mein Bruder an seiner Frau fand? Normalerweise langweilten Frauen mich schnell. Schon aufgrund der Tatsache, dass ich selten länger an einem Ort blieb, ließ ich mich eher von Oberflächlichkeiten begeistern. Hübsche Augen hier, ein einladender Mund da und verboten lange Beine dort – das reichte.

Ebenso genügte in der Regel eine Nacht.

Els bewegte sich und ihre Haare rutschten vom Kissen, streiften meine Brust. Irgendetwas war hier anders als sonst. Verlieben war absolut nicht mein Metier, Liebe auf den ersten Blick ein Märchen und Heiraten eine Institution, die nur der Floristik-Industrie zugutekam.

Mein Problem war nur, dass ich zum ersten Mal das Verlangen verspürte, eine Frau wiederzusehen. Dabei wäre das ein zeitintensives Unterfangen, denn Els war anspruchsvoll und würde sich mit Sicherheit nicht manipulieren lassen.

Es war verrückt: Normalerweise versuchten die Frauen, mich zum Bleiben zu überreden, doch ich wollte nicht. Dieses Mal wäre ich bereit, zu bleiben, aber ich wusste genau, dass Els mich nicht lassen würde.

Sie besaß die perfekten Manieren, also würde ich morgen früh ein nettes Frühstück bekommen und irgendwann würde es sich nicht mehr aufschieben lassen, dass ich ging.

Außerdem war Els ein Buch mit sieben Siegeln. Natürlich hatte ich es mir nicht nehmen lassen, ein bisschen in ihrem Handy zu schnüffeln. Deswegen hatte ich es immerhin von ihrem Tisch mitgenommen – und um eine Ausrede zu haben, ihr hinterherzulaufen. Wer zum Teufel war dieser Ulrich und warum hatte Els mich trotzdem mit nach Hause genommen?

Egal, wie oft ich die kurzangebundenen Nachrichten zwischen den beiden gelesen hatte, ich wurde nicht schlau daraus. Es schien, als würde sie sich regelmäßig treffen, aber immer woanders. Darüber hinaus kommunizierten sie nicht miteinander. Es war also auszuschließen, dass sie mehr als Sex teilten – sicher war ich jedoch nicht, und das ärgerte mich.

Gleichzeitig ärgerte mich, dass es mich überhaupt ärgerte. Eigentlich hatte ich nämlich noch ganz andere Probleme. Die Informantin war nicht aufgetaucht und Jennifer erwartete am Mittwoch Ergebnisse.

Verzwickte Lage, das würde wirklich ein Multitasking-Erlebnis werden. Aber ich musste mir für beide Probleme eine Strategie überlegen. Denn irgendwie gefiel es mir, hier neben Els zu liegen.

Ihre Wohnung war auch viel netter als die zahllosen Hotelzimmer, die ich in den letzten Jahren gesehen hatte.

Wobei Frederik und Helen sich ebenfalls nett eingerichtet hatten. War es nicht bald mal wieder an der Zeit, dass ich sie anrief? Ein schneller Blick auf die Uhr versicherte mir, dass ich den Anruf lieber auf den nächsten Morgen verschieben sollte. Helen nahm es total locker, wenn ich mich mitten in der Nacht meldete, aber mein Bruder reagierte da wirklich empfindlich.

Els drehte sich im Schlaf um und schmiegte sich an mich. Für einen kurzen Moment wagte ich es nicht, mich zu bewegen. Ich lag auf dem Rücken, die Arme hinter dem Kopf verschränkt. Jetzt hatte sie sich an mich gerollt, ihren Kopf auf meiner Brust abgelegt und ihre kleine Hand lag daneben.

Ganz langsam, wie in Zeitlupe, nahm ich meine Arme herunter und schlang sie um diese bezaubernde Frau, die daraufhin leise seufzte. Verdammt, wie gewann man eine Frau von Els' Kaliber für sich? Geld und Erfolg hatte sie selbst, Auswahl an Männern war sicherlich genug vorhanden – da musste ich mir wirklich etwas einfallen lassen!

***

Als ich wieder wach wurde, kribbelte meine Hand. Doch ich konnte sie nicht bewegen, unwillig hob ich das rechte Lid und schielte zu meinem Arm. Els' Kopf lag auf meiner Hand und blockierte vermutlich die Blutzufuhr.

Obwohl ich vorsichtig versuchte, sie unter ihr hervorziehen, wachte Els auf und blinzelte mich an. Zufrieden lächelte sie schließlich. »Guten Morgen.«

Zufrieden war gut. Ich lächelte zurück. »Ebenfalls guten Morgen.« Dezent massierte ich meine Hand, um die Durchblutung anzuregen.

»Kann ich dir einen Kaffee anbieten?«, erkundigte sie sich, als würden wir in ihrem Büro sitzen und nicht etwa in ihrem Bett liegen, nachdem wir uns erst gestern Abend kennengelernt hatten.

»Gern.«

Els griff unter ihr Kopfkissen und zauberte tatsächlich ein Nachthemd hervor, das sie überstreifte, bevor sie aufstand. Ich sah ihr nach und war enttäuscht, dass sie nicht nackt geblieben war.

Ich nutzte die Gelegenheit, schnell meinen E-Mail-Eingang zu überprüfen.

Nichts.

Weder von Jennifer noch der geheimnisvollen Informantin. Keine Textnachrichten und auf den gängigen Messageboards war ebenso nichts zu finden. Damit würde ich mich später beschäftigen.

Jetzt galt es, einen bleibenden Eindruck bei Els zu hinterlassen und diesen Sonntag so lang wie möglich werden zu lassen.

Sie kehrte mit zwei weißen Tassen zurück, die mit einem dezenten Golddruck versehen waren – ein kompliziertes geometrisches Muster, das mir so früh am Morgen Kopfschmerzen bereitete. Aber der Kaffee war hervorragend.

Völlig selbstverständlich saß Els neben mir, lehnte mit dem Oberkörper am Kopfteil des Bettes und trank ihren Kaffee. Zufrieden nahm ich zur Kenntnis, dass sie ihn ebenso schwarz bevorzugte wie ich.

»Also Bertram, bist du beruflich in der Stadt?«, fragte sie nach einer Weile. Überrascht sah ich sie an und sie strich verlegen eine ihrer roten Haarsträhnen nach hinten. »Ich habe den Aufkleber am Auto gesehen«, erläuterte sie.

»Quasi, aber ich habe vor, länger zu bleiben.« Das stimmte, denn Els faszinierte mich so sehr, dass ich meinen Aufenthalt hier unter allen Umständen verlängern wollte.

Ich musste ihr ja nicht auf die Nase binden, dass ich keinen festen Wohnsitz hatte.

»Kommst du ursprünglich aus München?«, wollte sie wissen.

Grinsend schüttelte ich den Kopf. »Aus dem Ruhrgebiet.«

Sie lachte. »Ich habe aber noch gar kein ›watt‹ und ›datt‹ gehört.«

»Sehr gut. Ich habe mir nämlich besondere Mühe gegeben, um dich zu beeindrucken.« Ich stellte den leeren Becher auf den Nachttisch.

Als ich mich wieder zurückdrehte, schenkte sie mir ein so anzügliches Lächeln, das gleich in meinen Unterleib fuhr. »Oh, beeindruckt hast du mich tatsächlich.«

Ihr Kompliment ehrte mich. Natürlich bildete ich mir schon etwas auf meine Qualitäten als Liebhaber ein und es freute mich jedes Mal, wenn ich bestätigt wurde – aber aus Els' Mund war es irgendwie anders. Sie wirkte nicht, als würde sie ein Lob leichtfertig aussprechen.

Ich legte eine Hand um ihre Wange und küsste sie. Sofort kam sie mir entgegen und schmiegte sich an mich. Durch den dünnen Stoff ihres Nachthemds konnte ich ihre vollen Brüste spüren. Els schmeckte nach Kaffee und öffnete ihre Lippen.

Mein Penis meldete sich mit einem verlangenden Ziehen. Nicht ohne Bedauern löste ich mich von ihr. Ihre Augen leuchteten, als ich mich wieder aufrichtete. Mir lagen so viele Fragen auf der Zunge, doch ich schluckte sie alle hinunter, denn es war zu früh dafür, mich in ihr Privatleben zu drängen. Zuerst musste ich feststellen, wie ernst sie ihre Aussage mit dem One-Night-Stand meinte.

»Würde es dich stören, wenn ich duschen würde?«, fragte ich nach einer Weile.

Sie schüttelte den Kopf und zog mit dem Zeigefinger eine Linie über meine Brust. »Aber ich persönlich würde dir die Badewanne empfehlen. Die Sprudel-Funktion ist unbezahlbar.«

»Das klingt, als würde es zu zweit wesentlich mehr Spaß machen als alleine.« Mehr brauchte ich nicht sagen, die Einladung war deutlich gewesen.

Els nickte langsam. »Das ist wohl wahr.«

Dann stand sie auf, nahm meine Hand und führte mich ins Bad. Schon, als sie sich über den Wannenrand beugte, um das Wasser aufzudrehen, und ihr dünnes Nachthemd hochrutschte, durchströmte mich pures Verlangen.

Ihre sahnige Haut lud dazu ein, angefasst und gestreichelt zu werden. Als sie einen Blick über ihre Schulter warf, verrieten mir ihre funkelnden Augen, dass sie genau das von mir erwartete.

Eine Aufforderung, der ich nur zu gern nachkam. Ihr Körper war weich, warm und verführerisch. Völlig selbstverständlich schmiegte sie sich in meine Hände, als ich die Träger des Nachthemds von ihren Schultern streifte.

Das Wasser plätscherte in die Wanne und nicht nur der aufsteigende Wasserdampf sorgte dafür, dass mir immer heißer wurde ...

Das würde ein guter Sonntag werden.

***

Von: els.stritsch@cherie-magazin.de
An: claudia.piene@yahoo.co.aus

Du bist doch die Expertin hier – wie lange brauchst du im Durchschnitt, um dich zu verlieben?

Und der Deal war, dass wir unser Alter einfach verleugnen, weil wir so fabelhaft sind, dass es keine Rolle spielt.

Cliff klingt ... interessant.

Kuss
Els

Das war immerhin nur eine halbe Lüge. So, jetzt aber wirklich zum Editorial! Immerhin blieben mir mittlerweile nur noch eine Stunde und 42 Minuten. Sollte ich klassisch mit Neujahrswünschen beginnen oder mir sie lieber für den Schlusssatz aufheben?

Es klopfte an meiner Tür. »Herein.«

Sofort bereute ich dieses eine, kleine Wort, denn Gert erschien und grinste breit. Der hatte mir gerade noch gefehlt.

»Gert, ist es wichtig? Ich muss dringend diesen Text fertigstellen.« Wenigstens klang es auf diese Weise, als hätte ich schon angefangen. Eindringlich sah ich ihn an, damit er auch wirklich verstand, dass er dieses Mal noch ungelegener kam als sonst.

»Nein, ist es nicht. Ich wollte dich nur fragen, was du von dieser Ausstellung hältst.« Er legte mir einen Flyer auf den Schreibtisch und winkte zum Abschied, bevor er tatsächlich den Rückzug antrat.

Verblüfft sah ich auf die geschlossene Tür – zum ersten Mal hatte es tatsächlich geklappt, ihn direkt wieder loszuwerden. Neugierig streckte ich die Hand zum Flyer aus, sicherlich wollte er einen Freund bei uns im Magazin unterbringen. Wenn ich ihn dadurch auf Abstand halten konnte, würde ich es glatt in Betracht ziehen, einen Fotografen hinzuschicken.

»Erotische Weihnachten – Gemälde und Skulpturen durch drei Jahrhunderte« prangte sehr schlecht lesbar in silbrig glitzernder Schrift auf weiß glänzendem Untergrund. Mist, das war kein Material für *Cherié*, sondern schon wieder eine Einladung auf ein Date – und wieder hatte ich den Moment verpasst, um ihm endlich zu sagen, dass ich nicht an ihm interessiert war.

Mehr als das beschäftigte mich aber gerade die tickende Uhr. Das neue Jahr bietet neue Herausforderungen? Nein, das hatte ich letztes Jahr schon geschrieben, glaubte ich zumindest.

Mein E-Mail-Postfach meldete mit einem Piepen den Eingang einer neuen Nachricht. Der Absender war Claudia – doch wenn ich die E-Mail jetzt öffnete, würden wir zum ersten Mal in der Geschichte des Magazins eine Ausgabe ohne Editorial veröffentlichen müssen.

Liebe Leserinnen, liebe Leser – das war doch schon mal ein Anfang.

Es klopfte kurz an der Tür, dann flog sie auf. Zwar erkannte ich Sandras schwarzes Etuikleid und die rosafarbene Strickjacke, doch ihr Kopf war hinter einem riesigen Strauß Blumen verborgen. Gelbe Tulpen. Eine ungewöhnliche Wahl.

Etwas unwirsch murmelte ich: »Keine Zeit.«

Sandra ignorierte meinen Einwand und platzierte die große Vase auf meinem Schreibtisch, Gerts Flyer verschwand darunter. »Dafür hast du Zeit«, entgegnete sie und hielt mir zwischen zwei Fingern das kleine Kärtchen entgegen. »Wer ist Bertram?«, wollte sie wissen und ihre Augen funkelten neugierig.

Mein Puls schnellte in die Höhe. Ehrlich gesagt war ich schon fast enttäuscht gewesen, nichts mehr von ihm gehört zu haben. »Sei nicht so neugierig«, zischte ich und griff nach der kleinen Karte.

Sandra sprang vom Schreibtisch und entzog sich damit meiner Reichweite. »Du bist doch sonst nicht so eine Spielverderberin. Das sind die ersten Blumen, die speziell für dich gekommen sind und scheinbar nicht im Zusammenhang mit der Zeitung stehen. Komm schon! Bitte, bitte!«

Böse verschränkte ich die Arme. »Meinetwegen. Möglicherweise habe ich einen Mann kennengelernt.«

Mit feierlicher Stimme las sie die Karte vor. »Hier mein lächerlicher Versuch, nicht gleich jedes Klischee zu bestätigen. Bertram.«

Mein Puls legte noch einmal an Tempo zu und mir wurde warm. Damit hatte ich überhaupt nicht gerechnet. Sandra reichte mir die Karte. »Scheint ein toller Typ zu sein. Endlich mal keine roten Rosen.«

Damit verschwand sie aus dem Raum und ich erwischte mich dabei, wie ich mit den Fingern die feinen Blütenblätter streichelte. Ich mochte Tulpen und irgendwie rührte mich seine Wahl.

Dann kam mir endlich die Idee. Ich würde im Editorial das Thema »Überraschungen« aufgreifen, das war auf jeden Fall besser als wieder die ewig gleichen Neujahrswünsche. Zufrieden machte ich mich an die Arbeit.

Drei Minuten vor der Deadline schickte ich den Text ab und seufzte erleichtert auf. So knapp war es in meiner ganzen Zeit bei dem Magazin noch nicht gewesen. Jetzt konnte ich mich guten Gewissens den angenehmen Dingen zuwenden.

Mit einem Lächeln auf den Lippen griff ich nach meinem Handy und bedankte mich bei Bertram. Zu meinem eigenen Erstaunen hatte ich ihn um seine Nummer gebeten, bevor er gegangen war.

Allerdings war der Mann ein schlauer Fuchs und hatte sie nur im Tausch gegen meine eigene Nummer rausgerückt.

»Klischee-Falle erfolgreich vermieden. Ich bedanke mich für die wunderschönen Blumen. Els.«

Die Antwort kam so schnell, dass ich mich fragte, ob er mit dem Handy in der Hand auf eine Reaktion von mir gewartet hatte. »Jetzt, da ich den Fuß quasi in der Tür habe, würde ich dich gern heute Abend zum Essen einladen.«

Meine Güte, ich war heute aber begehrt. Es tat mir tatsächlich etwas leid, dass ich ihm absagen musste. »Ich bin leider schon verabredet. Wenn ich Glück habe, schaffe ich es wie die Prinzessin um Mitternacht ins Bett und bekomme genügend Schönheitsschlaf.«

Wieder antwortete er unglaublich schnell. »Dann reserviere mir bitte den nächsten freien Termin. Ich muss jetzt leider zu einem Meeting. Dir viel Spaß heute Abend.«

Die Frage, ob er mir auch viel Spaß gewünscht hätte, wenn er wüsste, dass ich plante, mich noch mit einem anderen Mann zu treffen, schob ich energisch von mir.

***

Erst wurde ich im Büro aufgehalten, dann stellte ich auf dem Bürgersteig fest, dass aufgrund des starken Schneefalls scheinbar jedes Taxi besetzt war. Letztendlich kam ich fünfzehn Minuten zu spät zu meinem Treffen mit Reni, die eigentlich Renate hieß.

Als der Kellner mich an den Tisch führte, bemerkte ich gleich, dass Reni mich noch nicht vermisst hatte, denn sie flirtete mit dem Herrn am Nebentisch, der bestimmt gute zwanzig Jahre jünger war als sie.

»Da bist du ja«, begrüßte sie mich und erhob sich, um mir zwei Küsschen auf die Wange zu drücken. Wie immer klang ihre Stimme rau.

Ich erwiderte die Begrüßung und setzte mich. In die Karte brauchte ich nicht zu schauen, denn da wir uns jedes Mal in diesem Restaurant trafen, bestellte ich stets das gleiche. Spaghetti mit Scampi, dazu Weißwein, bevor wir nach dem Essen auf Rotwein umsteigen würden. Zum Dessert teilten wir uns immer ein Stück Schokokuchen. Wir beide liebten das Ritual.

»Mich freut, dass du dieses Mal nicht den Kellner als Opfer auserwählt hast«, sagte ich mit einem bedeutungsvollen Blick zum Nebentisch, nachdem wir bestellt hatten.

Reni lachte. »Komm, irgendwie muss ich mich doch über meine Scheidung hinwegtrösten.«

Verständnisvoll nickte ich. »Natürlich, aber wäre es nicht sinnvoller, dich vorher erst einmal scheiden zu lassen?«

Sie hob ihr Glas zu einem stummen Toast und grinste nur. Dann zwinkerte sie dem Mann am Nebentisch zu. Sie war einfach unverbesserlich.

»So.« Ihre Miene wurde ernst und sie lehnte sich nach vorne. »Was gibt's Neues?«

Kurz erwog ich, ihr von Ulrich und Bertram und meinem ganzen Dilemma zu erzählen, doch ich wusste, dass sie aufs Berufliche hinauswollte. Darüber unterhielten wir uns immer zuerst. »Nichts wirklich Aufregendes.«

»Gut, dann fange ich an. Wir arbeiten nicht mehr mit Tobias Ruf zusammen.«

»Was? Warum denn? Er ist doch so ein talentierter Fotograf«, protestierte ich.

»Das haben wir wohl alle gedacht, aber jetzt hat seine Assistentin wohl endlich Anzeige erstattet, weil er seit Jahren ihre Bilder als seine ausgibt.«

»Oh nein.« Ich rollte mit den Augen. Urheberrechtlich ein Desaster – wie gut, dass wir Gert hatten. Er würde sich dann damit auseinandersetzen müssen, wenn der Anwalt der Assistentin auch wissen wollte, welche ihrer

Bilder wir unter Tobias' Namen verwendet hatten. »Das kann ja heiter werden.«

***

Wir konnten den Abend natürlich nicht beenden, ohne dass Reni die Telefonnummer des Mannes am Nebentisch bekam und wir letztendlich jeweils ein Stück Schokoladenkuchen aßen – es war bei jedem von uns diese Art von Woche gewesen, die ein ganzes Stück Kuchen rechtfertigte. Allerdings freute ich mich nicht unbedingt darauf, das Stück im Fitnessstudio abzutrainieren.

Müde stieg ich ins Taxi und lehnte meine Stirn an die kühle Scheibe. Ulrich hatte ich längst abgesagt. Eigentlich sollte ich inzwischen in einem Alter sein, in dem mir solche Geschichten nicht mehr passierten. Nachdem ich auf eine lange Reihe gescheiterter Beziehungen zurückblicken konnte, hatte ich es mir abgewöhnt, mich Hals über Kopf zu verlieben. Zumindest hatte ich das gedacht. Sollte Bertram mich eines Besseren belehren? Oder war es lediglich die anfängliche Faszination? Die Faszination, die ebenso wie Verliebtheit schnell verschwunden wäre?

Es war lange her, dass ich von einem Mann Geschenke bekommen hatte, und sei es so etwas Simples wie ein Strauß Blumen gewesen. Vielleicht hatte ich es unbewusst vermisst und sprang deswegen so auf Bertrams reizende Geste an.

Es war das reinste Wunder, dass ich nach dem langen Arbeitstag, dem Schokoladenkuchen, Rotwein und den Gesprächen mit Reni noch keine Kopfschmerzen hatte, so sehr, wie ich grübelte.

Plötzlich stoppte der Wagen und ich erkannte mein Zuhause durch die beschlagene Scheibe. So viel zum Thema Grübeln, ich konnte mir wirklich hervorragend den Kopf zerbrechen. Eilig bezahlte ich den Fahrer, und als ich aussteigen wollte, öffnete sich auf magische Weise die hintere Tür.

Ich stieg aus und musste aufgrund der flachen Schuhe, die ich trug, den Kopf in den Nacken legen, um Bertram ansehen zu können. Er war wirklich groß. Und er roch gut.

Allerdings richteten sich die kleinen Härchen in meinem Nacken bei der Frage auf, was er um diese Zeit hier machte.

Das Taxi fuhr davon und Bertram legte seine Hand um meine Wange. Sie war überraschend warm und ich erwischte mich dabei, dass ich kurz die Augen schloss.

»Ich wollte mich wirklich nicht aufdrängen, aber als das Taxi hielt, konnte ich nicht widerstehen.«

In seinen Augen suchte ich nach Anzeichen dafür, dass er ein verrückter Serienmörder war, stattdessen wirkte er zerknirscht. »Sieht so aus, als wäre Zurückhaltung nicht meine Stärke.« Er zog seine andere Hand hinter dem Rücken hervor und reichte mir einen kleinen Korb.

Verwirrt nahm ich ihn an. Darin stapelten sich Beautyprodukte und ein Tee, der schöne Träume versprach. Mein Mund öffnete sich, doch er legte mir einen Finger auf die Lippen.

»Nicht schimpfen. Seit du gesagt hast, dass du hoffst, überhaupt früh genug ins Bett zu kommen, ist mir der Gedanke nicht aus dem Kopf gegangen. Hier ist alles, was du brauchst, um morgen früh noch hübscher auszusehen. Nicht, dass du es nötig hättest.«

Da ich noch immer nicht wusste, was ich eigentlich sagen sollte, schloss ich meinen Mund unter seinem Finger, strich damit über seine Haut.

Für einen Moment verdunkelten seine Augen sich, doch er vertuschte es geschickt, indem er sich nach vorne beugte und mich auf die Wange küsste. Er wollte mich, das wusste ich instinktiv. Selbst, wenn ich es nicht geahnt hätte, dieser Blick ließ keine Zweifel zu. Allerdings machte er keine Anstalten mich zu überreden, was mir irgendwie imponierte.

Er nahm meine Hand und drückte einen weiteren Kuss auf den Handrücken, der in einem Lederhandschuh steckte. Trotzdem prickelte meine Haut an der Stelle.

»Sag mir einfach Bescheid, wenn du Zeit für mich erübrigen kannst. Ich verspreche jetzt auch, mich in Geduld und Abstand zu üben. Nun gut, zumindest werde ich es versuchen.« Bertram drückte meine Finger leicht, dann ließ er mich los und ging zu seinem Wagen, den ich jetzt erst am gegenüberliegenden Straßenrand entdeckte. Ohne sich noch einmal umzusehen, stieg er ins Auto und fuhr los. Die Scheinwerfer durchschnitten die dunkle Nacht, als er wendete, bis die Rücklichter immer kleiner wurden.

Erst jetzt ging ein Ruck durch meinen Körper. Ich sollte ins Haus gehen, hier draußen war es furchtbar kalt. Ich hatte nicht ein einziges Wort gesagt, während Bertram mich wie ein Schnellzug überrollt hatte. Eigentlich bedauerte ich es sogar, ihn nicht gefragt zu haben, ob er mit hineinkommen wollte. Aber er hatte mich am Sprechen gehindert, weil er Angst vor einer Zurückweisung hatte. Unglaublich.

Was er wohl noch auf Lager haben würde?

***

Von: claudia.piene@yahoo.co.aus
An: els.stritsch@cherie-magazin.de

ICH WILL ALLES WISSEN! Oh mein Gott! Ich hätte nicht gedacht, diese Frage von dir noch einmal zu hören. Wer ist er? Wen hast du kennengelernt? Besteht die Chance, dass er dein Herz erobert und deine Träume erfüllt? Also auch Spaziergänge um Mitternacht und genügend Freiraum, damit du kleiner Panikhase dich nicht eingeengt fühlst?

Ich bin soooo neugierig! Schreib mir zurück! Schnell! Sonst muss ich in das nächste Flugzeug klettern und dich persönlich verhören.

xoxo
Claudia

6 – Bertram

Seit gefühlten Stunden hockte ich am Schreibtisch und zerbrach mir den Kopf über die vertrackte Situation, die ein ganz neues Maß an Masochismus erreicht hatte. In dem Versuch, mehr über Els und ihre Gewohnheiten zu erfahren, hatte ich mich einmal durch ihr Privatleben geschnüffelt und mich dabei zum ersten Mal schlecht gefühlt – so als wäre es nicht richtig.

Dabei hatte ich es schon unzählige Male getan. Bei den meisten war es eigentlich nicht nötig, weil sie schon so viel über sich verrieten. Els war anders. Sie besaß nicht einmal ein Social-Media-Profil und selbst für ihre private Korrespondenz mit Claudia benutzte sie ihr E-Mail-Postfach, das über das Magazin lief. Mit diesem Ulrich hingegen schien sie nur per SMS zu kommunizieren, wobei seine Nummer zu einer Prepaid-Karte führte, was mir merkwürdig erschien. Bisher hatte ich allerdings noch keine Lust gehabt, mich näher mit ihm zu beschäftigen.

Dennoch machte mich der Gedanke, dass sie mich abgewiesen hatte, weil sie sich nach dem Essen noch mit diesem Ulrich hatte treffen wollen, ganz verrückt. Ich versuchte mir einzureden, dass ich nur vor ihrer Tür gewartet hatte, um die beiden zu beobachten.

Doch ich wusste, dass ich gewartet hatte, um ein mögliches Treffen der beiden, das in Els' Bett endete, zu unterbinden. So einfach war das. Eifersucht war wirklich ein mieses Gefühl.

Shakespeares Dramen ergaben plötzlich viel mehr Sinn.

Egal, wie ich die Puzzlestücke drehte und wendete, es war schlicht unmöglich, ein anständiges Bild dieser Frau zu bekommen. Ich fühlte mich immer noch unglaublich schäbig, weil ich sicherheitshalber ihr Handy geortet hatte. Aber die Erleichterung, dass sie den ganzen Abend im Restaurant geblieben war und Ulrich sogar abgesagt hatte, war grenzenlos gewesen.

Allerdings hatte es mich trotzdem meine gesamte Kraft gekostet, nicht einfach schon auf dem Bürgersteig über sie herzufallen. Doch ich hatte einen Plan, halbwegs zumindest, und bei dem wollte ich bleiben.

Außerdem wirkte sie wie ein leicht zu verschreckendes Tier auf mich und ich wollte ja nicht, dass sie davonlief.

Das Problem war wirklich, dass ich kaum Frauen kannte. Also Frauen, mit denen ich noch nicht geschlafen hatte. Im Grunde kannte ich nur eine und das war Helen, die Ehefrau meines Bruders. Irgendetwas sagte mir, dass mein Bruder ziemlich sauer werden würde, wenn ich Helen darüber ausfragte, was sie an Männern toll fand, wie man sie für sich gewinnen konnte und welche Art von Sex sie bevorzugte. Das Lustige daran war, dass Helen vermutlich nicht einmal etwas dagegen gehabt hätte, mir die Fragen zu beantworten, aber Frederiks Gesicht stellte ich mir lieber nicht vor.

Damit blieb mir im Grunde ja nichts anderes übrig, als Els auszuspionieren. Die andere Möglichkeit wäre nur, ins nächste Flugzeug zu steigen und ihre offensichtlich beste Freundin Claudia in Australien zu befragen. Allerdings wäre das nicht weniger bedenklich, als ihre E-Mails zu lesen und das bisschen Online-Shopping nachzuverfolgen, das Els betrieb. Viel war es nicht, wenn man davon absah, dass sie eine Vorliebe für Proenza-Schouler-Taschen hatte.

***

Von: els.stritsch@cherie-magazin.de
An: claudia.piene@yahoo.co.aus

Ich weiß es nicht. Ich weiß gar nichts. Ehrlich gesagt bin ich kurz davor, Ulrich in den Wind zu schießen und in Hysterie zu verfallen. Möglicherweise nicht in dieser Reihenfolge. Was soll ich tun? Was würdest du tun?

E.

7 – Els

Seufzend zog ich den Rotstift über das Papier und ärgerte mich dabei. Jeden Monat erklärte ich Saskia die gleichen Dinge, die bei ihren Artikeln einfach nicht stimmten. Entweder ich drückte mich zu unklar aus oder sie ignorierte schlicht, was ich ihr riet.

Beide Versionen stimmten mich nicht unbedingt glücklich. Also schickte ich ihr wieder die nette Bitte, in mein Büro zu kommen, und überlegte dabei, ob ich das Gespräch vielleicht aufnehmen sollte. Dann könnte ich es ihr im nächsten Monat vorspielen und musste mir nicht wieder den Mund fusselig reden.

Allen anderen, von denen ich Texte bekommen hatte, schickte ich eine standardisierte Nachricht mit einem kleinen Lob. Nur Bernd bekam wieder eine gesonderte E-Mail, weil er den Nagel mit seiner Reportage wieder einmal auf den Kopf getroffen hatte. Warum konnte Saskia sich nicht etwas von ihm abschauen? Sie saßen doch sogar im gleichen Büro.

Wenn ich Saskia dazu bekam, ihren Text zu überarbeiten, und mir Bernd noch die monatliche Kolumne schickte, wäre die Ausgabe so gut wie fertig.

Es klopfte an der Tür und ich hob überrascht den Kopf. Normalerweise drückte Saskia sich ein bis zwei Stunden, bevor sie reumütig zu mir kam.

»Herein.«

Gert steckte den Kopf durch den schmalen Spalt zwischen Tür und Rahmen und grinste mich an. »Das hier wurde für dich abgegeben.«

Ohne dass ich ihn dazu aufgefordert hätte, kam er herein und legte einen kleinen silbrig-glänzenden Karton auf den Tisch.

Noch während ich die weiße Schleife löste, fragte ich so liebenswürdig, wie es mir möglich war: »Kann ich sonst irgendetwas für dich tun?«

Da ich annahm, dass das Paket in Wahrheit von ihm kam, öffnete ich es direkt. »Oh.«

Neugierig schielte Gert an mir vorbei und musterte den feinen Strauß Schneeglöckchen, der darin lag. Sofort wusste ich, wer der Absender war, dafür brauchte ich nicht einmal einen Blick auf die Karte zu werfen.

Unschlüssig hockte Gert auf der Tischkante und suchte nach einem weiteren Grund, mich in ein Gespräch zu verwickeln. »Ist das von einem Verehrer?«

Statt einer Antwort zog ich meine linke Augenbraue so hoch ich konnte.

Unsicher wandte er den Blick ab und räusperte sich nervös. »Geht mich vermutlich nichts an«, murmelte und verließ dann glücklicherweise mein Büro.

Ganz langsam, um den Moment voll auszukosten, lehnte ich mich in meinem Schreibtischstuhl zurück und strich mit den Fingerspitzen über die zarten Blüten der Schneeglöckchen. So hübsche Blumen und so eine ungewöhnliche Wahl.

Ich war tatsächlich aufgeregt, als ich die Karte vorsichtig unter dem Strauß hervorzog. Seine markante Handschrift war leicht wieder zu erkennen, die Blumen waren von Bertram.

Auf der Welt gibt es Millionen von Ursachen für Millionen von Wirkungen, Millionen Gründe zu leben und Millionen Gründe zu sterben. Millionen Gründe, um Gründe zu finden.

Mein Herz machte einen Satz. Natürlich kannte ich das Zitat, es stammte aus einem Buch von Haruki Murakami. Offenbar hatte er sich gemerkt, dass bei mir viele Bücher des japanischen Autors herumgestanden hatten – alle, um genau zu sein.

Die Geste rührte mich mehr, als ich es mir eingestehen wollte. Bertram war im Begriff, mich ernsthaft zu verzaubern. Mehr noch: Er schien der perfekte Mann zu sein, um sich in ihn zu verlieben.

Aber was sollte ich jetzt mit diesem Wissen anfangen?

***

Ich hatte das Verlagsgebäude gerade verlassen, als ein Wagen hinter mir hielt. Der Fahrer ließ das Fenster auf der Beifahrerseite herunter. Überrascht blinzelte ich Ulrich an, bevor ich mich umsah, doch niemand achtete auf uns.

»Steig ein«, forderte er mich auf.

Eigentlich widerstrebte es mir, aber da ich nicht unnötig auf uns aufmerksam machen wollte, öffnete ich die Beifahrertür. Noch nicht einmal angeschnallt hatte ich mich, als Ulrich bereits anfuhr.

»Was soll das?«, fragte ich verärgert. Es verstieß ganz klar gegen unsere Abmachungen, mich einfach so von der Arbeit abzuholen. Außerdem konnte ich gar nicht schnell genug aufzählen, gegen *wie viele* der Regeln es verstieß.

Ulrich gab ein leises Knurren von sich. »Meinst du, dass ich nicht merke, wie du mir ausweichst? Seit wann hast du so wenig Zeit?«

»Willst du mir irgendetwas unterstellen?«

»Natürlich nicht. Mensch, Els, ich hatte Sehnsucht nach dir.«

Gutmütig legte er eine Hand auf mein Knie, bevor er es tätschelte.

»Und neugierig bin ich auch. Du hast mir noch immer nichts über dein ominöses Date erzählt.«

Unschlüssig sah ich aus dem Fenster. Es schneite wieder und die Flocken schwebten lautlos zu Boden. Die Wahrscheinlichkeit weiße Weihnachten zu feiern, stieg von Tag zu Tag.

»Warum sagst du nichts?«, fragte er misstrauisch nach.

»Es gefällt mir überhaupt nicht, dass du neuerdings diktierst, wann ich dich bitte zu treffen habe. Auf der Arbeit gibt es viel zu tun und ich habe auch noch ein Privatleben. Wenn du dafür kein Verständnis hast, tut es mir leid.«

Sofort warf er mir einen zerknirschten Blick zu. »So war das doch gar nicht gemeint. Kannst du dir nicht vorstellen, dass wir in einer umwerfenden Kutsche sitzen und ich der Prinz bin, der dich entführt hat? Nur ein paar Stunden. Du fehlst mir.«

Er wusste genau, was er sagen musste, um mich zu besänftigen. »Also gut. Aber wirklich nicht länger, ich muss unbedingt noch ein wenig arbeiten, wenn ich wieder zu Hause bin.«

»Dann wird es dich freuen zu hören, dass ich bereits unser übliches Abendessen aufs Zimmer bestellt habe. Es wird in einer Viertelstunde gebracht.«

Widerwillig lachte ich leise. »Du warst dir deiner Sache aber sehr sicher.«

»Die Hoffnung auf Erfolg bestand, ja.« Er schmunzelte und betrachtete mich kurz von der Seite. »Du siehst umwerfend aus.«

Kurz darauf fuhren wir in die Tiefgarage des noblen Hotels, in dem wir uns am liebsten trafen.

Das Essen war wie immer vorzüglich, und obwohl ich Ulrichs Neugier bemerkte, schaffte ich es, die Themen, über die wir sprachen, überaus belanglos zu halten. Noch immer war ich mir nicht sicher, wie ich ihm überhaupt von Bertram berichten sollte.

Als ich meine Ohrringe abnahm und neben meine Tasche legte, hatte Ulrich sich schon auf die Bettkante gesetzt und beobachtete mich. »Was ist in dem Karton?«

Ich hatte die Blumen nicht dadurch beschädigen wollen, dass sie in meiner Tasche umherflogen und den Karton deswegen so getragen. »Blumen.«

»Was denn?«, scherzte er. »Habe ich etwa Konkurrenz?«

Leider konnte ich nicht verhindern, dass meine Gesichtszüge für einen kurzen Augenblick einfroren. »Es war doch deine Idee, dass ich zu dem Speeddating gehen sollte.«

Fassungslos sah er mich an. »Und?«

Beinahe gleichgültig zuckte ich mit den Schultern. »Es war besser, als ich erwartet hatte.« Viel besser als erwartet, aber das schluckte ich sorgsam herunter.

Nachdenklich betrachtete ich Ulrich. Er konnte weder äußerlich noch im Bett mit Bertram mithalten. Andererseits wusste ich bei ihm, woran ich war. Über Bertram wusste ich hingegen so gut wie gar nichts.

»Also bist du mit einem Mann gegangen?«, formulierte mein Geliebter seine Frage vorsichtig.

»Ich habe ihn mit zu mir genommen.«

Irgendetwas flammte in Ulrichs Augen auf, das ich nicht genau benennen konnte.

Hätte ich raten müssen, hätte ich vermutlich auf Eifersucht getippt, doch es erschien mir unwahrscheinlich. Außerdem war es auch die falsche Reaktion, wenn man selbst auf die Idee mit dem anderen Mann gekommen war.

»Komm her«, murmelte er rau.

Langsam ging ich auf das Bett zu. Ein feines Prickeln breitete sich in meinem Unterleib aus, zusammen mit dem Gefühl, etwas fürchterlich Verbotenes zu tun.

Ulrich schlang die Arme um mich und griff nach dem Reißverschluss. Mit einem Surren fuhr der Schieber hinunter und das Kleid fiel unbeachtet zu Boden. »Wie hast du dich dabei gefühlt?«

»Verrucht.«

Obwohl eine kleine Stimme im Hinterkopf mich warnte, ließ ich es zu, dass er mich auf seinen Schoß zog. Seine Erektion drückte gegen meine Haut und ich atmete scharf ein.

»Bist du auf deine Kosten gekommen?«, fragte Ulrich und knabberte dabei bereits an meinem Hals.

Meine Kehle wurde eng.

Erinnerungsfetzen, wie es gewesen war, als Bertram mich berührt hatte, schossen durch meinen Kopf.

Ich warf einen Blick über die Schulter und sah die kleine, silberne Box neben meiner Tasche. Sämtliche Erregung war auf einen Schlag wie weggeblasen.

Wie sollte ich Ulrich erklären, dass er sich durch seinen Vorschlag ins Abseits manövriert hatte? Dass der Sex so viel besser gewesen war, der Mann so viel aufmerksamer?

Sanft legte ich die Hände auf seine Schultern und drückte ihn von mir weg. »Ich kann nicht, Ulrich. Es tut mir leid.«

»Was meinst du damit?« Er wollte nach mir greifen, doch ich hatte bereits das Kleid in der Hand und schlüpfte unter seinen Fingern weg. »Willst du mir jetzt erzählen, dass ein paar Blumen reichen, damit du mich hier sitzen lässt?«

Stumm zog ich mich an und schlüpfte in meinen Mantel, meine Haare zog ich unter dem Kragen hervor, dann knöpfte ich ihn zu

»Wirklich?« Seine Stimme klang jetzt schrill. »Ein verdammter Strauß Blumen und er darf in dein Bett kriechen, wo du gierig die Beine breitmachst?«

Ruckartig richtete ich mich auf und warf ihm einen tödlichen Blick zu. Ich griff nach meiner Tasche und fragte mich, wieso er überhaupt so hysterisch reagierte.

»Els, warte. Es tut mir leid. Das hätte ich nicht sagen sollen.«

Meine Finger lagen bereits auf der Türklinke, langsam drehte ich den Kopf und sah ihn an. »Nein, das hättest du nicht sagen sollen.«

***

Von: claudia.piene@yahoo.co.aus
An: els.stritsch@cherie-magazin.de

Wow. Wirklich. Wow. Bei dieser Fülle an Informationen weiß ich gar nicht, wo ich anfangen soll, dich zu beraten.

Im Ernst, Süße, wie stellst du dir das vor? Hat er einen Namen? Wo hast du ihn kennengelernt (ich tippe Speeddating)? Gehört er der Spezies Mensch an und stammt er von diesem Planeten? Wie war der Sex?

Oh Gott, du hast doch mit ihm geschlafen, oder? Bitte sag mir, dass du nicht so idiotisch warst, dich ohne Bett-Test zu verknallen.

Details! Details! Details! Das hat mir übrigens mal eine bekannte Chefredakteurin unter meinen ersten Artikel für Cherié geschrieben. Hüstel.

Hast du vielleicht ein Bild? Wie sieht er aus?

Ich sterbe, wenn ich länger als ein paar Stunden auf deine Antwort warten muss!!!

Kuss!

8 – Bertram

Genervt stand ich vor Els' Haustür und starrte düster vor mich hin. Warum war sie nicht zu Hause? Ich wusste, dass sie vor guten zwei Stunden Feierabend gemacht hatte und nicht verabredet gewesen war. Sie sollte längst hier sein und sich über meinen überraschenden Besuch freuen.

Mir war klar, dass ich gestern noch gesagt hatte, dass ich warten würde, bis sie sich meldete, aber meine unerwartete Anwesenheit würde ich einfach mit meiner alles verzehrenden Sehnsucht begründen. Vielleicht fand sie es charmant und lud mich nach drinnen ein – nach Möglichkeit in ihr Bett.

Gestern Nacht hatte ich kaum geschlafen, weil ich jedes Mal ihren nackten Körper vor mir gesehen hatte, wenn ich die Augen geschlossen hatte. Das war furchtbar nervig und von der Natur wirklich mies inszeniert.

So stark hatte ich noch nie irgendetwas oder irgendjemanden begehrt.

Andererseits hatte ich aber auch immer relativ leicht das bekommen, was ich wollte. Meist sogar mehr als ich wollte.

Ein Auto näherte sich und ich überlegte, dass es vermutlich besser war, wenn ich mich langsam auf den Weg zurück ins Hotel machte. Ich lungerte schon eine ganze Weile hier vor dem Haus herum und es war sicherlich nur eine Frage der Zeit, bis die ersten Nachbarn sich wunderten, was ich hier eigentlich tat.

Das Auto hielt direkt hinter mir, und als ich mich umdrehte, erkannte ich, dass es ein Taxi war. Els stieg aus und für einen Moment hatte ich den Eindruck, dass sie mich schuldbewusst ansah.

Stumm schloss sie die Tür auf. »Komm doch rein.«

Da ließ ich mich natürlich nicht zweimal bitten. Allerdings flammte ein Gefühl in mir auf, das mich entfernt an Ärger erinnerte. Ich folgte ihr und stellte irritiert fest, dass ein merkwürdiger Geruch in der Luft hing.

Als Els Anstalten machte, ihren Mantel auszuziehen, trat ich hinter sie, um ihr zu helfen. Dabei roch ich es deutlicher, es war eindeutig ein herbes Aftershave – was bedeutete, dass sie sich vor ziemlich kurzer Zeit in der Nähe eines Mannes aufgehalten hatte. Fest presste ich die Zähne aufeinander, bis ein dumpfer Schmerz sich in meinem Kiefer ausbreitete. Doch selbst dann fiel es mir schwer, mich wieder zu entspannen.

In Gedanken ermahnte ich mich immer wieder, meine Klappe zu halten, denn es ging mich nichts an. *Noch* ging es mich nichts an.

»Es tut mir leid, dass ich dir so aufgelauert habe.«

Sie schüttelte abwesend den Kopf und stellte ihre Handtasche weg. »Danke für die Blumen, das war wirklich sehr aufmerksam.«

Ihr Lächeln besänftigte die Wut, die in mir kochte und die ich absolut nicht im Griff zu haben schien.

»Nichts zu danken.«

Mit einem Mal platzte sie heraus. »Ich war noch essen.«

»Okay«, antwortete ich, weil ich nicht wusste, was ich sonst hätte sagen sollen. Auf mich wirkte es, als würde sie sich rechtfertigen und obwohl ich natürlich neugierig war, wollte ich nicht, dass sie sich in meiner Gegenwart so fühlte.

»Ich –«, begann sie, brach dann ab und schüttelte den Kopf, als hätte sie sich in irgendetwas geirrt. Stattdessen kam sie zu mir und küsste mich, schmiegte sich an mich. Ich konnte gar nicht anders, als die Arme um sie zu schlingen und sie noch näher an mich zu ziehen. Sie sank gegen mich, ihr Herz klopfte an meiner Brust und ihr Atem ging schwer.

Vermutlich hätte ich die Situation noch mehr genießen können, wenn mir nicht wieder der Geruch des anderen Mannes in die Nase gestiegen wäre.

Als sie sich von mir losmachte, waren ihre Wangen gerötet und sie strich sich mit einer fahrigen Bewegung die Haare nach hinten, obwohl sie makellos an ihrem Kopf festgesteckt waren.

»Kann ich dir einen Kaffee anbieten? Oder etwas anderes?«

»Gern.« Alles, was mir sonst noch auf der Zunge lag, schluckte ich herunter und zwang mich zu einem Lächeln.

Sie verschwand in der Küche und ich hörte sie hantieren. Der kleine Karton mit den Schneeglöckchen stand neben ihrer Tasche und ich freute mich, dass Els sich gefreut hatte.

Endlich gab ich mir einen Ruck und ging ins Wohnzimmer; bis gerade hatte ich noch immer im Flur gestanden. Der Duft von Kaffee zog sich durch die Luft und endlich roch ich etwas anderes als das Phantom eines anderen Mannes.

Bisher war ich davor zurückgeschreckt, mehr über ihn herauszufinden, weil ich es eigentlich nicht wissen wollte.

Els brachte mir eine Tasse, doch ich konnte nur auf den sanften Schwung ihrer Hüften achten und seufzte innerlich über meine unreifen Gedanken.

Mit einem leisen Räuspern fragte sie: »Wäre es sehr merkwürdig, wenn ich jetzt duschen gehen würde?«

»Ich denke nicht. Immerhin hattest du einen langen Tag auf der Arbeit, oder nicht?«

Erleichtert nickte sie. »Bitte mach es dir gemütlich. Ich brauche nur ein paar Minuten.«

Abwehrend hob ich die Hände. »Lass dir Zeit.«

Während ich an dem Kaffee nippte, sah ich ihr nach. Sie schien überhaupt nicht richtig anwesend zu sein, es stand ihr förmlich auf der Stirn geschrieben, dass sie gerade intensiv nachdachte. Wenn ich nur wüsste, was es war, das sie so beschäftigt.

Da sie mich zu sich hereingebeten hatte, nahm ich an, dass zumindest ein Teil davon mit mir zu tun haben würde.

Natürlich setzte ich mich nicht hin, sondern spazierte auf der Suche nach mehr Informationen durch das geräumige Wohnzimmer. Neben der Couch und einem kleinen Schreibtisch, auf dem ein Laptop stand, dominierte ein gigantisches Bücherregal den Raum.

Die Bücher waren weniger interessant als die gerahmten Bilder, die dort standen. Viele zeigten Els mit ihrer Familie. Ihre Mutter lebte noch, der Vater war früh gestorben. Els war ein Einzelkind und es hatte nicht gewirkt, als hätte ihre Mutter sich jemals wieder um einen neuen Mann bemüht.

Dazwischen gab eine Vielzahl von Schnappschüssen von den üblichen Anlässen: in der Uni, auf Partys, an Weihnachten, mit der Redaktion von Cherié – nichts Außergewöhnliches.

Was an sich vielleicht doch ungewöhnlich war, denn es war kein einziges Foto von Els mit einem Mann dabei. Sie musste doch irgendwann einmal eine Beziehung gehabt haben. Andererseits bewahrte man Bilder von zerbrochenen Beziehungen vermutlich nicht auf.

Das Wasser im Bad rauschte nach wie vor und mein Blick fiel auf die ledernen Fotoalben ganz unten im Regal. So weit unten, dass es wirkte, als wären sie dorthin verbannt worden.

Ich konnte einfach nicht widerstehen und zog den hintersten Band zuerst heraus. Schon nach zwei Seiten bereute ich meine Entscheidung zutiefst.

Die Bilder zeigten eine mindestens 15 Jahre jüngere Version von Els, die ausgelassen an der Seite eines Mannes in die Kamera strahlte. Ich überflog die Fotos, bis das Album abrupt bei einem Bild ihrer beiden Hände mit Ringen endete, das für mich stark nach einer Verlobung aussah.

Die restlichen Seiten waren leer.

Unter dem letzten Bild war ein Datum notiert: 07. Mai 1996.

Stirnrunzelnd klappte ich das Album zu und wollte es zurückstellen, als etwas zwischen den Seiten hervorrutschte und auf den Boden fiel. Es sah nach einem Zeitungsausschnitt aus. Ich hob ihn auf, klappte das Papier auseinander und bereute noch mehr, in Els' Sachen herumgeschnüffelt zu haben.

Die Todesanzeige eines gewissen Andreas Koch, datiert auf den 21. Mai 1996. Aus dem Text ging hervor, dass er bei einem Verkehrsunfall gestorben sein musste.

Traurig lauschte ich in die Stille und Els tat mir irgendwie leid. Es war nicht schwer, sich zusammenzureimen, warum sie recht zurückhaltend war, wenn es um ihr Privatleben ging.

Mein Mund wurde trocken, als mir auffiel, dass es viel zu still war. Das Wasser lief nicht mehr, Els musste ihre Dusche beendet haben.

Hastig steckte ich die Todesanzeige zwischen die Seiten des Albums, schob es zurück ins Regal und stellte mich ans Fenster.

Dort stand ich auch noch, als Els hereinkam. Mit ihr kam ein Schwall wundervollen Dufts herein, der irgendwie weihnachtlich nach Vanille und Zimt roch.

Das Herz klopfte von innen hart gegen meine Rippen und ich glaubte fast, dass sie es auch hören musste. »Sollen wir einen Spaziergang machen?«, schlug ich vor, obwohl es inzwischen fast elf Uhr am Abend war. Ich hatte das dringende Bedürfnis, frische Luft zu schnappen und mich ein bisschen zu beruhigen. Meine Entdeckung hatte mich unruhig werden lassen. Dabei war ich vorher schon aufgewühlt gewesen, weil Els sich offenbar mit einem anderen getroffen hatte.

Sie trat neben mich ans Fenster und sah nach draußen, wo vereinzelte Flocken fielen. »Das klingt gar nicht so schlecht. Soll ich dir eine Mütze und Handschuhe leihen? Ich glaube, wir haben minus sieben Grad.«

»Ich bitte darum.«

Sichtlich entspannter als vor ihrer Dusche führte Els mich in den Flur und öffnete die Tür zu dem massiven Schrank, der dort stand. Dahinter ordentlich aufgereiht bewahrte sie ihre Schuhe auf und in den Nebenfächern Accessoires und Handtaschen.

Auf Anhieb entdeckte ich das passende Ensemble für mich und zog es hervor. Els lachte. »Das willst du nicht wirklich aufsetzen?«

»Warum nicht?«, fragte ich empört und zog die schneeweiße Mütze mit Zopfmuster, Ohrenklappen und Bommel auf der Spitze über meinen Kopf. Die dazu passenden Handschuhe waren etwas eng, aber erträglich.

Sie starrte mich an und bemühte sich sichtlich, nicht zu lachen. »Ein Bild für die Götter.« Nachdem sie selbst eine schwarze Mütze und graue Handschuhe angezogen hatte, machten wir uns auf den Weg nach draußen. »Das Set, das du trägst, ist ein Geschenk meiner besten Freundin gewesen. Jedes Jahr zur Adventszeit macht sie nach der Arbeit einen Abstecher auf den Weihnachtsmarkt und bleibt immer an dieser Bude hängen, die Mützen, Schals und Handschuhe verkauft, um den Erlös an Obdachlose zu spenden. Und immer kauft sie dort irgendetwas, da Menschen aber bekanntermaßen nur einen Kopf, Hals und zwei Hände haben, ist es schon fast Tradition, dass Claudia – so heißt sie – jedem, den sie kennt, vor Weihnachten solche Mützen und so weiter schenkt. Manchmal hat man halt Pech und bekommt hässliche Sachen.«

Energisch rückte ich meine Mütze zurecht. »Was heißt hier bitte hässlich? Ich finde die Mütze einwandfrei, sie ist todschick und wärmt ganz hervorragend.«

Els warf mir einen Seitenblick zu, dann lachte sie wieder. Der Schnee knirschte unter unseren Füßen und unser Atem bildete kleine Wolken.

Unauffällig kam sie mir beim Gehen immer näher, und als sie nah genug war, nahm ich ihre Hand, weil ich den Eindruck hatte, dass sie es auch wollte. Zwar war es mühselig, unsere Finger in den dicken Handschuhen miteinander zu verschränken, aber das Gefühl an sich war es allemal wert.

»Erzähl mir von dir«, bat sie schließlich und ich dachte nach.

»Da gibt es nicht viel Interessantes. Ich habe einen jüngeren Bruder, aber das habe ich ja schon erzählt. Er ist verheiratet und seine Frau ist Schriftstellerin. Das ist viel interessanter als das langweilige Computerzeug, mit dem ich mich so den lieben, langen Tag beschäftige.«

»Bist du viel unterwegs?«

»Mal so und mal so, aber im Moment spiele ich mit dem Gedanken, mich endlich einmal niederzulassen.« Als wäre meine überaus dezente Andeutung nicht genug, drückte ich ihre Finger kräftig.

»Also bist du selbstständig?«

»Ja, und ich nehme in der Regel nur Aufträge an, die mir auch gefallen.« Das diese manchmal legal waren und manchmal ganz und gar nicht, musste ich Els ja nicht unbedingt erzählen. Doch die Journalistin drang aus ihr heraus und sie ließ einfach nicht locker. »Was für Aufträge sind das denn so?«

Da meine Antwort wohlbedacht sein musste, schwieg ich einen Augenblick. Überrascht stellte ich fest, dass wir bereits am Flussufer angekommen waren und nun an der Promenade entlangschlendern konnten.

»Das ist ganz unterschiedlich und hängt stark vom Auftraggeber ab, meistens wird gewünscht, dass ich die Sicherheitsmaßnahmen der Firmen überprüfe.«

»Indem du sie umgehst?«

»Richtig.«

Els warf immer wieder einen Blick in Richtung Wasser und so gingen wir näher an das Geländer heran, das das Flussufer vom Gehweg trennte. Allerdings ging es hinter dem Weg erst einmal zwei Meter mehr oder weniger steil nach unten. Wenn der Fluss Hochwasser führte, war der Unterschied zum Wasser nicht mehr so gravierend.

Der Schnee war hier geräumt worden und nur die dünne Schicht, die es seit dem frühen Abend bis zum Boden geschafft hatte, lag auf dem Weg, während sich rechts und links die Schneeberge bis auf die Höhe meiner Knie türmten.

»Das klingt spannend – fast wie ein Einbrecher.«

»Leider klingt es aufregender, als es in Wirklichkeit ist. Meistens starre ich nur auf den Bildschirm, suche nach dem richtigen Befehl, der richtigen Zahlenkombination oder etwas Ähnlichem. Manchmal wird aber auch vermutet, dass ein Mitarbeiter der Firma schaden will und dann muss ich den Betreffenden oder die Betreffende finden. Das führt meist zu einem unschönen Ende.«

Els nickte mitfühlend. »Ich frage mich schon die ganze Zeit, was du eigentlich bei dem Speeddating wolltest, wenn du gar nicht von hier bist.«

Ich schenkte ihr mein charmantestes Lächeln. »Das Gleiche wie du nehme ich an. Eine Bekannte von mir hatte ein Blind Date arrangiert, das letztlich nicht aufgetaucht ist, und ich hab mir gedacht, wenn ich schon da bin, könnte ich auch teilnehmen und gucken, wohin es führt.«

Eigentlich hatte ich gehofft, dass der Spaziergang mein Gemüt abkühlen würde, stattdessen fühlte ich mich fast noch aufgewühlter als vorher. Der Gedanke an diesen Ulrich ließ sich nicht abschütteln. »Es tut mir leid«, sagte ich so ruhig, wie es mir möglich war. Mein Puls jagte und obwohl es sicherlich einige Grad unter null war, schwitzte ich unter dem Mantel. Els hob den Blick und sah mich erstaunt an. Das Licht der Laterne, unter der wir standen, spiegelte sich in ihren Augen.

»Vermutlich steht es mir nicht zu, irgendetwas zu sagen, aber dein Verhalten war gelinde gesagt etwas merkwürdig. Außerdem bin ich mir ziemlich sicher, ein ziemlich markantes Aftershave gerochen zu haben, als du an mir vorbeigegangen bist.«

Sie errötete und stützte sich auf das Geländer, sah aufs Wasser hinunter. »Das ist vorbei.«

Zwar stand ich ihren Worten skeptisch gegenüber, trotzdem durchflutete mich eine kleine Welle der Erleichterung. Es hätte immerhin gut sein können, dass sie mir eine Ohrfeige gab und verschwand.

Els räusperte sich und sagte dann kaum hörbar: »Er ist verheiratet.«

Statt zu antworten, konzentrierte ich mich darauf, zu bewundern, wie ihr Haar selbst im Mondlicht glänzte – zumindest der Teil, der unter der Mütze hervorragte. Es war schrecklich, in was für einen liebeskranken Idioten ich mich verwandelt hatte. Bestimmt war das die Strafe dafür, dass ich mich innerlich über meinen Bruder lustig gemacht hatte, als er Helen auf diese Weise angesehen hatte.

Erst drückte ich mich jahrelang erfolgreich vor allem, was mit Frauen und Gefühlen zu tun hatte, und dann geriet ich an eine Frau wie Els. *Er ist verheiratet.* Was sollte mir das eigentlich sagen?

»Gut, dann muss ich für ihn wenigstens nicht die Duellpistolen abstauben.«

Sie lachte und lehnte sich an mich, was sogleich dafür sorgte, dass mir noch heißer wurde. Warum hatte ich Idiot es letztens für einen guten Schachzug gehalten, nicht mit ihr zu schlafen? Irgendetwas sagte mir, dass ich unter anderem so litt, weil das Verlangen kaum zu ertragen war.

»Du kannst die Duellpistolen beruhigt dort lassen, wo sie sind.« Ihr Arm schob sich unter meinen, bevor sie ihre Hand darauf ablegte. Ich bildete mir ein, ihre Hitze selbst durch ihre Handschuhe und meinen Mantel zu spüren.

»Kein Duell?«, fragte ich betont enttäuscht. »Was ist mit der restlichen Konkurrenz?«

Els sah mich an und in ihren Augen lag ein Ausdruck, an dem ich mich niemals sattsehen würde. Sie biss sich ganz kurz auf die Unterlippe, als müsste sie ihren Mut zusammennehmen. »Für dich gibt es keine Konkurrenz.«

Der Satz war so kurz und doch brauchte ich eine Ewigkeit, um ihn zu verarbeiten. Weil ich so überwältigt war, dass ich nicht einmal wusste, was ich sagen sollte, legte ich einfach die Hände um ihr Gesicht und küsste sie.

Viel lieber hätte ich sie in meine Höhle geschleift und nach allen Regeln der Kunst gevögelt. Aber leider existierte die besagte Höhle nicht, und mein Hotelzimmer schien der Situation absolut nicht angemessen. Nicht, dass ich überhaupt eine Ahnung gehabt hätte, was angemessen war und was nicht.

Els' Lippen öffneten sich, luden meine Zunge ein, ihren Mund zu erforschen. Weich und warm lag sie in meinen Armen und irgendwie fühlte es sich dieses Mal anders an.

Hatte Els mir gerade mitgeteilt, dass sie sich vorstellen konnte, eine Beziehung mit mir zu führen?

Offenbar war der Satz immer noch nicht ganz angekommen, aber das machte nichts, denn wir waren gerade ohnehin mit etwas anderem beschäftigt.

Nach einer gefühlten Ewigkeit hob ich den Kopf. Mein Schwanz pochte ungeduldig in meiner Hose, doch hier war weder der Ort noch die Zeit – von der Temperatur ganz zu schweigen –, um das zu ändern.

Meine Traumfrau schnappte nach Luft und sah mich unter ihren gesenkten Lidern an. »Wie spät ist es eigentlich?« Ihre Stimme klang so kehlig, dass mein Penis noch ungeduldiger wurde.

»Knapp drei.«

Sie lachte und lehnte ihre Stirn gegen meine Brust. »Wir sind ja schlimmer als Teenager.«

»Verliebte Teenager«, verbesserte ich sie und spürte, dass sie nickte.

»Aber ich muss jetzt leider nach Hause, sonst wird mein Vater böse«, flüsterte sie.

»Nur unter der Bedingung, dass ich dich endlich einen ganzen Abend für mich bekomme.«

»Morgen. Bei mir.«

Zufrieden nickte ich. Endlich waren alle Hindernisse aus dem Weg geräumt.

***

Von: els.stritsch@cherie-magazin.de
An: claudia.piene@yahoo.co.aus

Hallo mein Herz,

ich weiß gar nicht, wo ich anfangen soll. Wenn ich vorne beginne, fühlst du dich nur wieder bestätigt und denkst, du hättest mich auf die Idee gebracht. Ich habe Ulrich in die Wüste geschickt. Die Umstände waren kompliziert und ich will hier jetzt nicht jedes Detail auswalzen, aber ich denke, ich habe mich ernsthaft verliebt und dann ist da meiner Meinung nach kein Platz für einen zweiten Mann.

Gibst du mir ein wenig Zeit, bevor ich dir von Bertram erzähle (du siehst, er hat einen Namen). Ich muss die Situation erst realistisch beurteilen können und nicht himmelhoch jauchzend durch die rosarote Brille schwärmen. Vielleicht wache ich morgen auf und habe mir alles nur eingebildet – damit ich sichergehen kann, musst du halt warten. Oder du kommst zurück nach Deutschland und ich berichte jedes einzelne Detail über einer oder mehreren Flaschen Wein. ;) Ich bin gemein, oder?

Sex? Ja. Ein Wort: fantastisch.

Alles Liebe
E.

9 – Els

Ohne irgendetwas zu sehen, starrte ich an die Wand meines Büros. Eigentlich sollte ich einen netten Text für *Cherié* schreiben, aber gerade konnte ich mich nicht einmal an das Thema erinnern.

Hatten wir gestern Nacht tatsächlich einen romantischen Spaziergang im Mondschein unternommen? Genüsslich seufzte ich bei der Erinnerung.

Ich war unglaublich froh gewesen, dass Bertram vorgeschlagen hatte, das Haus zu verlassen. Meine Verfassung war nicht die beste gewesen. Nicht zuletzt, weil ich wegen Ulrich so aufgewühlt gewesen war. Als ich Bertram vor der Tür hatte stehen sehen, hatte ich weiche Knie bekommen. Das hatte mich überzeugt, genau die richtige Entscheidung getroffen zu haben. Doch im gleichen Moment hatte ich mir eingebildet, noch immer Ulrichs Hände auf meiner Haut spüren zu können, und das hatte mich aus dem Konzept gebracht.

Bertram hatte seinen Mantel ausgezogen. Er sah so gut aus, roch wunderbar und ich hatte ihn einfach nur in mein Bett zerren wollen. Aber ich konnte nicht – genauso wenig, wie ich mit Ulrich hatte schlafen können.

Vermutlich war es egal, wie sehr man sich einredete, dass Gefühle keine Rolle spielten, irgendwie mogelten sie sich wohl immer hinein. Ob man das jetzt wollte oder nicht.

Meine Träumerei wurde durch ein zaghaftes Klopfen unterbrochen. Gert kam direkt herein und hatte einen hochroten Kopf. Da meine Laune ausnahmsweise gut war und er sie auch kaum ruinieren konnte, begrüßte ich ihn freundlich. »Hallo, ich bin endlich dazu gekommen, das Buch zu lesen. Wirklich ergreifend.«

Seine Miene hellte sich auf. Dabei war es eine glatte Lüge. Ich wollte das Thema nur endlich hinter mich bringen und hatte daher eine Zusammenfassung im Internet gelesen. Danach war ich froh gewesen, es gar nicht erst gelesen zu haben, denn es traf nicht im geringsten meinen Geschmack.

Ich drehte mich zu meiner Tasche um und zog das Buch hervor. Weil ich immer vergaß, es herauszunehmen, trug ich es nun schon einige Tage mit mir herum. Als ich es ihm reichen wollte, bemerkte ich den Geschenkkarton auf meinem Schreibtisch. Trotzdem hielt ich an meiner guten Laune fest.

»Wenn es dir so gut gefallen hat, dann behalt es doch«, wehrte Gert ab.

»Auf keinen Fall«, sagte ich mit Nachdruck. »Das kann ich nicht annehmen.« So wie ich ihm das Buch entgegenhielt, konnte er nicht anders, als es aus meinen Fingern zu nehmen.

Ein unangenehmes Schweigen breitete sich aus, als ich überlegte, wie ich darum herumkam, Gerts Geschenk zu öffnen, während er ganz offensichtlich darauf wartete, dass ich genau das tat.

Da mir nicht einfiel, wie ich aus der Nummer herauskam, zog ich den Deckel der Schachtel ab. Es war so leise im Raum, dass das Piepen der neu eingetroffenen E-Mail unnatürlich laut klang. Zwar hätte ich alles lieber getan, als dieses Präsent zu öffnen. Aber Gert dermaßen vor den Kopf zu stoßen, indem ich zuerst die Nachricht las, erschien mir nicht richtig.

Kaum hatte ich den Karton geöffnet, quoll mir eine Kaskade von Schneeglöckchen entgegen. Sollte das ein Scherz sein? Er war doch gestern dabei gewesen, als die Blumen gekommen waren. Etwas Besseres, als eins zu eins abzukupfern, fiel ihm nicht ein?

Das Telefon erlöste mich davon, etwas sagen zu müssen. Denn Gert hob abwehrend die Hände, bedeutete mir, dranzugehen und nahm das Buch. Mit einem zufriedenen Gesichtsausdruck ging er zur Tür.

»Stritsch.«

»Ich hoffe, er geht jetzt freiwillig oder ich komme rein. Vielleicht drei Minuten war ich nicht an meinem Platz und kaum komme ich zurück, höre ich seine Stimme durch die Tür«, maulte Sandra, als wäre sie hier die Leidtragende und nicht ich.

»Nein, nein, jetzt passt es ganz gut. Um was geht es denn?« Dankbar, dass sie mich rettete, gab ich vor, ein wichtiges Gespräch zu führen. Wenn Gert gleich mein Büro verließ, würde ihm ohnehin nicht auffallen, dass Sandra ebenfalls telefonierte.

Er nickte mir zu und trat aus der Tür. Erleichtert atmete ich auf und nahm den Karton vom Schreibtisch, um ihn im Papierkorb zu versenken. Für so etwas war ich mir wirklich zu blöd.

»Okay, er ist weg. Bis später.« Es klickte in der Leitung, weil Sandra aufgelegt hatte. Ich fegte die letzten Blüten zusammen und öffnete mit der anderen Hand die E-Mail. Ein Foto füllte meinen Bildschirm aus und sofort erstarrte ich. Ein unangenehmer Schauer rann über meinen Rücken, meine Hände wurden eiskalt.

Es war eine Montage aus zwei Bildern. Auf dem einen stand ich neben Ulrich vor dem Eingang des Bayerischen Hofs, das andere zeigte mich mit Bertram und war erst gestern Abend aufgenommen worden. Meine Kehle schnürte sich zu, als ich den Text las, der unten über die Collage gelegt worden war. BÖSES MÄDCHEN. Mein Blick glitt weiter nach oben, zu dem Absender der E-Mail und mein Magen rebellierte endgültig. *love_els@geheimnisvo.ll* sorgte nicht unbedingt dafür, dass ich mich beruhigte. Ich nahm mein Handy in die Hand, noch bevor ich überhaupt wusste, was ich tun sollte.

Eigentlich konnte ich nur Bertram oder Ulrich anrufen. Aber was war, wenn es einer von beiden war?

Das leere Textfeld der E-Mail verhöhnte mich. Es war nichts zu dem Bild geschrieben worden, keine erpresserische Forderung, keine Drohung.

War es lediglich eine Mitteilung darüber, dass jemand wusste, dass ich mich mit zwei Männern traf?

Meine Entscheidung fiel kurz darauf und ich schrieb eine SMS an Ulrich. Da Bertram ohnehin zu mir kommen würde, musste ich Ulrich einladen und ihn mit den Bildern konfrontieren. An seiner Reaktion würde ich sicher ablesen können, ob er etwas damit zu tun hatte. Und wenn er es nicht wahr – dann blieb noch Bertram.

Der Gedanke, dass er etwas damit zu tun haben könnte, machte mich fast verrückt. Denn ich wollte tatsächlich, dass es mit uns klappte. Sicherheitshalber druckte ich das Bild aus, bevor ich die E-Mail löschte und den Papierkorb entleerte.

***

Weil die Bilder mir noch immer einen Schauer über den Rücken jagten, legte ich sie mit der Vorderseite nach unten auf meinen Wohnzimmertisch. Ich musste mich regelrecht dazu zwingen, sitzen zu bleiben, während ich auf Ulrich wartete.

Am liebsten wäre ich in Kreisen durch den Raum gelaufen, aber das würde mir auch nicht helfen, sondern lediglich eine gewisse Geschäftigkeit vorgaukeln.

Die Minuten dehnten sich gefühlt zu Stunden, bis es endlich klingelte. Völlig überhastet stürzte ich zur Tür und ließ Ulrich herein.

Für seine Verhältnisse begrüßte er mich stürmisch, zog mich in die Arme und wollte mich küssen. Im letzten Augenblick gelang es mir, den Kopf zur Seite zu drehen, und so landete der Kuss auf meiner Wange. Wahrscheinlich hatte er gedacht, dass ich ihn für eine Versöhnung zu mir bestellt hatte.

Ulrich war für meine Launen absolut unempfänglich und bemerkte gar nicht, dass ich das Gesicht absichtlich abgewandt hatte. Stattdessen betrachtete er es als Einladung, meine Halsseite zu küssen. Hatte er schon vergessen, was er beim letzten Mal zu mir gesagt hatte?

Die Hände gegen seine Brust gestemmt machte ich mich los und ging wortlos ins Wohnzimmer. Er folgte mir. Vor dem Tisch angekommen nahm ich das Bild in die Hand und reichte es ihm. »Wir haben ein Problem.«

Er runzelte die Stirn und nahm den Ausdruck entgegen.

Die Überraschung war ihm deutlich anzusehen und ich war zumindest erleichtert, dass er nicht dahintersteckte.

»Jemand hat mir das anonym per E-Mail geschickt.«

Ulrich betrachtete das Bild noch immer, als würde man darauf den Absender erkennen. Ich war mir nicht einmal sicher, ob er gehört hatte, was ich gesagt hatte.

»Ist er das? Du hast nicht erwähnt, dass er so groß ist.« Mein Liebhaber klang vorwurfsvoll und ich nahm ihm wütend die Collage weg. Ich hatte es nicht erwähnt, weil wir überhaupt nicht über Bertram gesprochen hatten.

»Das ist es, was dich daran interessiert?«, fauchte ich aufgebracht.

»Ich werde mich ganz sicher nicht dafür entschuldigen, dass ich mich für dich interessiere. Warum warst du überhaupt mitten in der Nacht mit ihm unterwegs?«

Täuschte ich mich oder schwang da dieses Mal tatsächlich Eifersucht in Ulrichs Stimme mit? Genervt legte ich das Bild zurück auf den Küchentisch, allerdings so vorsichtig, als hätte ich Angst, dass es sonst explodieren würde. Es war lächerlich, aber ich konnte nicht anders.

»Unter diesen Umständen halte ich es für besser, wenn wir unsere Beziehung beenden«, sagte ich behutsam und sah Ulrich fest in die Augen. Es schien mir nämlich so, als ob er das gestern noch nicht verstanden hatte.

Sein Gesichtsausdruck änderte sich schlagartig, erinnerte mich nun stark an ein verzogenes Kind, dem man sein liebstes Spielzeug weggenommen hatte. »Wie meinst du das?«

Ratlos deutete ich auf das Foto. »Offensichtlich plant jemand, mich zu erpressen. Ich habe zwar keine Ahnung, worauf er oder sie hinauswill, aber es wäre wirklich klüger, wenn wir uns nicht mehr treffen.«

»Kann es sein, dass du mich lediglich abservieren willst, damit du mehr Zeit für den Kerl hast?« Ulrich verschränkte die Arme und tippte mit der Schuhsohle auf den Boden. Das Geräusch brachte mich unmittelbar auf die Palme.

»Mach dich nicht lächerlich. Erstens geht es dich überhaupt nichts an und zweitens bin ich nicht diejenige, die verheiratet ist. Was meinst du, wie deine Frau reagiert, wenn die Bilder hier an die Öffentlichkeit gelangen?«

»Das Bild ist doch harmlos, wir stehen beide zufällig vor einem Hotel. Ich wusste nicht, dass das neuerdings verboten ist.« Er klang wirklich wütend.

»Natürlich. Aber wer sagt denn, dass es das einzige Bild ist? Warum sollten wir das riskieren? Außerdem hatten wir vorher abgemacht, dass die ganze Sache zwischen uns sowieso nur auf Zeit läuft.«

Ulrich überbrückte den Raum zwischen uns und umfasste meine Oberarme. Seine Daumen streichelten meine Haut. »Ich lasse mich scheiden.« Mit einem Mal war er ganz anders, sah mich Bestätigung heischend an und legte einen einschmeichelnden Tonfall auf.

»So ein Unsinn. Ich will nicht, dass du dich scheiden lässt. Ganz im Gegenteil. Wenn wir davon ausgehen, dass der Erpresser auf mich abzielt und nicht auf dich, suchst du dir einfach eine neue Geliebte und machst weiter wie bisher.«

Abrupt hörte Ulrich auf, meine Arme zu liebkosen. »Das letzte Wort ist noch nicht gesprochen.«

Bevor ich noch irgendetwas sagen konnte, verließ er meine Wohnung und warf die Tür lautstark hinter sich zu. Betroffen blieb ich stehen und starrte gedankenverloren auf den Fußboden.

Das war so nicht geplant gewesen. Nichts davon war geplant gewesen.

Ich zuckte zusammen, als mein Handy sich unerwartet meldete und mir mit einer hellen Tonfolge den Eingang einer neuen E-Mail ankündigte. Obwohl mein Magen sich verkrampfte, nahm ich es in die Hand und öffnete den Posteingang.

Der Absender sorgte dafür, dass die Luft meinen Lungen entwich und die Wände schienen näher zu kommen.

love_els@geheimnisvo.ll hatte mir eine weitere Nachricht geschickt und ich wollte sie genauso wenig lesen, wie ich neugierig war, was er oder sie von mir wollte.

Ohne große Überraschung nahm ich zur Kenntnis, dass es eine weitere Bildermontage war. Die Fotos kannte ich noch nicht. Auf der einen Seite stieg Ulrich in ein Taxi, auf der anderen bezahlte Bertram einen Coffee to go. Nur dieses Mal war Ulrichs Kopf mit einem Verbotsschild versehen. Darunter stand schnörkellos in Großbuchstaben:

ZWEI MÄNNER GINGEN MIT DER HÜBSCHEN ELS INS BETT,
EINEN HAT SIE WEGGESCHICKT, DA WURDE ES ERST RICHTIG NETT ...

Der Schauer, der über meinen Rücken lief, war regelrecht eisig. Aber ich konnte mir beim besten Willen nicht vorstellen, dass Ulrich etwas damit zu tun hatte. Immerhin war er der Einzige, der wusste, dass ich mit ihm Schluss gemacht hatte. Oder?

***

Von: claudia.piene@yahoo.co.aus
An: els.stritsch@cherie-magazin.de

Liebes,

natürlich gebe ich dir Zeit. Ich kann zwar nicht sagen, dass ich vor Begeisterung überschäume und Cliff wird sicherlich auch enttäuscht sein, aber wir werden es beide überleben.

Vielleicht ist das gar nicht so übel, dann bleibt mehr Cliff für mich übrig.

Nein, im Ernst, meine Süße: Ich will, dass du dir alle Zeit der Welt nimmst, bevor du dein Herz aus der Hand gibst. Du bist ganz anders als ich und ich weiß, was es für dich bedeutet, wenn du dich aus deinem Schneckenhaus herausbegibst. Er muss ein toller Mann sein, wenn es ihm gelungen ist, dich zu beeindrucken.

Ich bin froh, dass du Ulrich abserviert hast. Du bist viel zu toll, um nur die zweite Geige in jemandes Leben zu spielen. Ja, ja, du wolltest es selbst so, weil ... Nun, das weißt du selbst am besten, aber du verdienst jemanden, der dich auf Händen trägt und ALLES tut, damit du glücklich bist.

Ansonsten steige ich in das nächste Flugzeug und verprügel ihn höchstpersönlich.

Solltest du mich jemals besuchen kommen, bring bitte unbedingt einen leeren Koffer mit. Ich habe hier schon so viel für dich eingekauft, dass ich kaum noch weiß, wohin mit dem Zeug. Du hattest irgendetwas von Januar erzählt. ;)

Neues Thema: Stuart. Aber dazu demnächst mehr.

Ich vermisse dich und wünsche dir viel Glück!
Kuss, Kuss, Kuss
Claudia

10 – Bertram

Gut gelaunt parkte ich den Wagen in Els' Einfahrt und freute mich auf den gemeinsamen Abend mit ihr. Das würde mehr oder weniger die erste offizielle Nacht als Paar sein – zumindest sah ich es so, nachdem sie mir anvertraut hatte, dass sie ihr wie auch immer geartetes Arrangement mit Ulrich beendet hatte.

Natürlich hatte sie es nicht so direkt formuliert, aber ich konnte zum einen zwischen den Zeilen lesen und zum anderen waren ihre E-Mails mit Claudia sehr aufschlussreich. Doch für die Zukunft hatte ich mir vorgenommen, sie weniger auszuspionieren, denn mittlerweile kam es mir komisch vor, in ihrem Leben herumzuschnüffeln.

Bisher hatte ich noch nie so empfunden und ich nahm diese Regung sehr ernst. Ich wusste noch nicht, wie ich sie deuten sollte, aber damit würde ich mich später beschäftigen. Jetzt wollte ich die wunderbare Frau genießen, die in dem Haus auf mich wartete.

Zwar war ich etwas zu früh dran, aber ich konnte mir nicht vorstellen, dass Els es groß stören würde. Ich warf einen Blick in den Himmel: Die Sterne waren klar zu sehen und mein Atem kondensierte vor meinen Lippen. Vielleicht könnten wir heute Nacht einen weiteren Spaziergang unternehmen, der letzte war jedenfalls ganz nach meinem Geschmack gewesen.

Nachdem ich geklingelt hatte, dauerte es nicht lange, bis die Tür geöffnet wurde. Els wandte ziemlich schnell den Kopf ab und zuerst war ich versucht, aufgrund der lieblosen Begrüßung beleidigt zu sein, entschied mich dagegen und folgte ihr ins Haus.

Obwohl sie ziemlich schnell lief, hörte ich deutlich, dass sie schniefte. Waren ihre Augen gerötet gewesen?

Ich holte sie ein und legte eine Hand auf ihre Schulter. Sie zuckte zusammen, blieb aber mitten in der Tür zum Wohnzimmer stehen. Mit sanfter Gewalt drehte ich sie zu mir um. Ihre Augen waren eindeutig gerötet, genau wie ihre zierliche Nase. Els hatte geweint. Der Gedanke schnürte mir die Kehle zu.

»Hey«, murmelte ich und zog sie in meine Arme. Zuerst machte sie sich ganz steif, doch als ich begann, ihr den Rücken zu streicheln, gab sie langsam nach, bis sie sich schließlich bereitwillig an mich schmiegte. »Was ist denn los?«

»Nichts«, stieß sie irgendwann erstickt hervor.

»Klingt aber nicht nach nichts.« Was für eine sture Frau!

Sie schwieg hartnäckig, beruhigte sich unter meinen Liebkosungen aber sichtlich. Els passte geradezu perfekt in meine Arme, ich hätte mein Kinn praktisch auf ihrem Kopf ablegen können.

»Wenn du mir sagst, was los ist, kann ich dir vielleicht helfen«, gab ich zu bedenken.

Ganz langsam hob sie den Blick und betrachtete mich wie eine frisch entdeckte Spezies, dabei kaute sie auf ihrer Unterlippe herum. In diesem Moment wirkte diese Geste sehr verletzlich und allein die Überlegung, dass ihr jemand Leid zufügen könnte, ließ mich sauer werden.

Nach einer Weile befreite sie sich aus meiner Umklammerung und ich ließ sie nur sehr widerstrebend los. Ich sah zu, wie sie zu dem kleinen Schreibtisch ging, der unter dem Fenster stand, und die oberste Schublade aufzog.

Sie zögerte einen Moment, bevor sie einen brauen Umschlag herausholte und ihn mir reichte.

Dabei konnte sie mich kaum ansehen. Neugierig begutachtete ich den Umschlag, bevor ich den Inhalt in Augenschein nahm.

Wut stieg in mir auf – so starke Wut, wie ich sie bisher nicht gekannt hatte. Die Fotos zeigten Els, mich und einen anderen Mann, vermutlich Ulrich. Bei den meisten Bildern handelte es um Montagen mehrerer Bilder – auf dem, das ganz oben lag, war Els im Bett zu sehen, sowohl mit mir als auch mit Ulrich. Darüber lag in grellroten Buchstaben der Schriftzug »Schlampe«.

Bevor mir auch nur im Ansatz klar war, was ich tat, ballte ich eine Faust. Eindringlich sah ich in Els' Gesicht. »Sind die von Ulrich? Erpresst er dich?«

Ihre bernsteinfarbenen Augen verdunkelten sich und sie wich einen Schritt von mir zurück, bevor sie die Hand ausstreckte und mir die Bilder aus den Fingern riss. »Ich will, dass du sofort mein Haus verlässt.«

Els' Stimme war eiskalt und hätte vermutlich mühelos Diamanten schneiden können. In dem Moment wurde mir der Fehler bewusst: Sie hatte mir nie seinen verdammten Namen verraten.

Abwehrend hob ich die Hände. »Lass es mich erklären.«

»Raus!«, schrie sie mich an und eilte in den Flur. Ich musste ihr wohl oder übel folgen. Hastig riss sie die Tür auf und deutete nur hinaus. Mein Puls schnellte in die Höhe. So dumm hatte ich mich wirklich noch nie verraten – mir war es generell noch nie passiert. Dabei war mir das hier wirklich wichtig.

»Els, bitte, hör mir zu.« In meinem Kopf wirbelten die möglichen Rechtfertigungen durcheinander, doch in Wahrheit hatte ich keinen nennenswerten Grund parat, der es mir erlaubt hätte, in ihrem Privatleben herumzuschnüffeln. Es war falsch gewesen und ich hätte es vermutlich nicht tun sollen.

Sie sah stur auf den Boden und zischte: »Verschwinde. Ich will dich nie wieder sehen.«

Ein eiserner Ring legte sich um meine Rippen und wurde erschreckend schnell enger und enger. »Ich kann es erklären«, unternahm ich einen weiteren Versuch und streckte die Hand aus. Ich dachte überhaupt nicht daran, jetzt einfach zu gehen. Bevor ich sie berühren konnte, schlug sie nach mir. Obwohl sie nur wenige Zentimeter vor mir stand, war sie unerreichbar weit weg.

Els hob den Kopf und warf mir einen tödlichen Blick zu. »Raus oder ich rufe die Polizei.«

Noch immer suchte ich nach den richtigen Worten, aber sie wirkte nicht, als würde sie scherzen oder auch nur eine Sekunde zögern, tatsächlich die Polizei zu rufen, und das käme mir wirklich ungelegen.

Für den Moment musste ich mich geschlagen geben und trat aus der Tür in die kalte Nacht. Ich schaffte es nicht einmal, mich umzudrehen und sie ein weiteres Mal anzuflehen, bevor die Tür ins Schloss flog. Selbst hier draußen hörte ich, wie der Schlüssel umgedreht wurde. Die Symbolik ließ mich bitter lächeln.

***

Eigentlich hätte ich daraus lernen müssen, aber zurück im Hotel setzte ich mich sofort an den Computer. Mit einer gewissen Genugtuung nahm ich zur Kenntnis, dass Els offenbar all ihre Passwörter geändert hatte. Allerdings stellte das kein Hindernis dar, aber das konnte sie schließlich nicht wissen. Ihr Handy war noch immer angeschaltet und ich konnte alles in Ruhe durchstöbern.

Mein Magen war inzwischen ein harter Knoten, der sich unangenehm bemerkbar machte. Was mich mehr verunsicherte, konnte ich nicht einmal sagen: Natürlich war es furchtbar, dass Els mich rausgeworfen hatte, viel schlimmer fand ich aber, dass ihr jemand Drohnachrichten schickte.

Wie hatte ich die Nachrichten übersehen können? Ich durchsuchte ihr ganzes Postfach, doch es waren keine E-Mails mit Anhängen dabei.

Das machte mich stutzig. Natürlich hatte ich vorher nicht darauf geachtet, aber eigentlich war es ziemlich verdächtig. Als Chefredakteurin bekam sie doch sicherlich ständig Mails mit Texten oder Bildern im Anhang. Ich war so beschäftigt mit Claudias Mitteilungen gewesen und wie ich sie zu meinem Vorteil nutzen konnte, dass ich nicht aufgepasst hatte.

Nachdem ich auf dem richtigen Weg war, brauchte ich nur noch ein paar Minuten, um die verschwundenen E-Mails sichtbar zu machen. Wer immer da Els das Leben schwer machte, wusste was er tat – was mich nicht unbedingt beruhigte. Auch der Absender trug nicht dazu bei, dass der Knoten in meinem Bauch sich löste: *love_els@geheimnisvo.ll*

Ich druckte die Nachrichten aus, die praktisch nur aus den Bildern bestanden, und machte mich anschließend daran, den Absender zurückzuverfolgen. Inzwischen war ich so wütend, dass ich mir nicht einmal sicher war, was ich machen würde, wenn ich ihn gefunden hatte.

Zäh tickten die Sekunden dahin, bis das Programm endlich piepte und mir die IP-Adresse und die tatsächliche Adresse des Absenders ausspuckte. Zuerst blinzelte ich nur, dann startete ich den Vorgang ein zweites Mal.

Im Raum schien sich unglaublich wenig Sauerstoff zu befinden, ich fühlte mich wie ein Fisch auf dem Trockenen.

Als das Programm sich erneut meldete, wusste ich bereits, dass das Ergebnis genau wie beim ersten Versuch sein würde.

Der Absender befand sich im gleichen Hotel wie ich – um genau zu sein sogar im gleichen Raum. Glücklicherweise wusste ich, dass das unmöglich war und ich vermutlich einem Trick erlegen war.

Doch es bestätigte meinen Verdacht, dass der Absender in der Tat sehr genau wusste, was er tat. Meine Sorge um Els vergrößerte sich mit jeder Minute. Außerdem würde ich ernsthafte Probleme bekommen, sollte sie wirklich zur Polizei gehen, denn in diesem Moment deuteten für das ungeschulte Auge alle Indizien auf mich.

Genervt klappte ich den Laptop zu und begann aufgeregt, mit den Fingern auf der Tischplatte zu trommeln. Irgendetwas musste ich übersehen haben – oder irgendjemanden. Das war mir noch nie passiert.

Bevor meine Grübeleien zu irgendetwas führten, klopfte es energisch an meine Zimmertür und eine kräftige Stimme rief: »Bundesnachrichtendienst.«

Ich rollte mit den Augen. Das hatte mir gerade noch gefehlt. Trotzdem öffnete ich die Tür und blickte nach unten. Jennifer Böhlke war nur knapp 1,60 Meter groß und reichte mir nicht einmal bis zum Kinn.

Mit hochgezogener Augenbraue betrachtete ich sie. »Du sagst das wirklich zu gerne, oder?«

Sie schenkte mir ihr umwerfendes Lächeln. »Es klingt aber auch scharf, oder?«

Ich zuckte mit den Achseln und ließ sie herein. »Was kann ich für dich tun?«

Jennifer steuerte zielstrebig auf das Bett zu und setzte sich. Provokant schlug sie die Beine übereinander, sodass ihr Rock hochrutschte und die seidige Haut ihrer Schenkel entblößte. Dass die Haut in der Tat sehr seidig war, wusste ich aus eigener Erfahrung. »Ich wollte nur mal hören, wie es bei dir so läuft.«

Das sanfte Gurren in ihrer Stimme und der entspannt zurückgelehnte Oberkörper verrieten mir etwas anderes – und dafür hatte ich gerade absolut keinen Nerv.

»Es hat sich erstaunlicherweise seit gestern, als ich dir – nebenbei bemerkt – meinen Bericht geschickt habe, nichts getan.« Ich klang schärfer als beabsichtigt und erntete dafür einen irritierten Blick.

»Gut, von mir aus. Ich bin hier, weil mir der Sinn nach großartigem Sex stand. Ich dachte, du könntest so gut zwischen den Zeilen lesen«, sagte sie und schnalzte verächtlich mit der Zunge.

»Kann ich auch«, gab ich zurück und verschränkte die Arme.

Jennifer kniff die braunen Augen zusammen. »Wo ist dann das Problem?«

Statt einer Antwort machte ich »Hmpf«, und wusste selbst nicht so genau, was ich mit der Information anfangen sollte.

»Bertram, wie lange kennen wir uns jetzt schon?«

»Fast neun Jahre.«

Sie nickte zufrieden. »Und wie oft haben wir in der Zeit miteinander geschlafen?«

Ich musste nicht einmal lange nachdenken, um diese Frage zu beantworten. »16 Mal.«

Jennifer strich ihre langen Haare nach hinten, bevor sie mahnend den Zeigefinger hob. »17 Mal. Habe ich danach jemals Stress gemacht oder geklammert?«

Beinahe hätte ich gelacht. Sie war die einzige Frau, die ich je getroffen hatte, die nach dem Sex noch schneller die Flucht ergriff als ich. »Nein.«

»Warum sagst du mir dann nicht einfach, dass du dich für eine spezielle Frau interessierst und plötzlich ein Fan von Monogamie geworden bist?«

»Ich bin nicht plötzlich ein Fan von Monogamie geworden. Ohne eine Beziehung ist Monogamie recht schwachsinnig. Woher weißt du von ihr?«

»Durch dein Verhalten – woher sonst? Meinst du, ich habe meinen Job, weil ich so ein hübsches Gesicht habe? Wir unterhalten uns selten länger als eine halbe Minute, wenn wir im gleichen Raum sind. Du hast nicht einmal Anstalten gemacht, mich anzufassen.«

Wieder zuckte ich bloß mit den Achseln. »Es ist kompliziert.«

Sie begann zu lachen. »Oh Mann! Den Satz habe ich ja noch nie gehört!«

Böse kniff ich die Augen zusammen und betrachtete sie.

Jennifer ließ sich nach hinten sinken und betrachtete jetzt die Zimmerdecke statt meines Gesichts. »Ich kann nicht glauben, dass ich dieses Gespräch überhaupt führe. Wo drückt denn der Schuh?«, fragte sie gequält.

Unschlüssig sah ich zu meinem Laptop und fragte mich, wie viel ich Jennifer erzählen sollte. Langsam ging ich zu dem kleinen Sekretär und zog den Stuhl zurück, der davor stand. Ich ließ mich darauf sinken und seufzte.

Jennifer drehte sich um und rollte sich im gleichen Moment auf den Bauch. Das Gesicht in die Hände gestützt lächelte sie mich an. »Dann fangen wir leichter an. Wie ist sie so? Das frage ich übrigens nicht aus Eifersucht, sondern weil es mich wirklich interessiert, welche Frau dich in ihren Bann zieht. Immerhin habe ich in den letzten Jahren einen erheblichen – äh – sagen wir Frauenverschleiß bei dir festgestellt.«

Ich warf ihr einen empörten Blick zu, protestierte aber nicht. »Eigentlich ist sie, glaube ich, mindestens drei Nummern zu groß für mich. Sie ist unglaublich schön, clever und erfolgreich.«

»Wie sieht sie aus?«

»Sie hat rote Haare, ein wunderhübsches Gesicht und eine Haut, auf die Schneewittchen neidisch wäre.«

Jennifer wickelte eine Strähne ihrer Haare um den Finger. »Wer hätte gedacht, dass du so poetisch sein kannst? Ist sie größer als ich?«

»Gefühlt ist jede Frau größer als du. Aber dein Gesicht ist ähnlich hübsch«, gestand ich gleichmütig und sie nickte zufrieden.

»Wo ist denn jetzt das Problem? Ist sie verheiratet?«

Nachdrücklich schüttelte ich den Kopf. »Ich habe Mist gebaut.«

»Oh oh«, murmelte Jennifer und sah mich angespannt an. »Bitte sag mir nicht, dass du sie ausspioniert hast und sie hat es herausgefunden?«

Mein zerknirschter Blick reichte, damit Jennifer gequält stöhnte und die Hand vor die Stirn schlug. »Du Idiot!«

»Hey, ich dachte, du bist auf meiner Seite!«, protestierte ich.

»Das glaubst du ja wohl selber nicht. Du bist durchaus charmant genug, um eine Frau ohne fiese Tricks für dich zu gewinnen. Aber das ging dir wohl nicht schnell genug – oder war es zu anstrengend?«

Ich schnaubte und fragte mich, woher Jennifer eigentlich die Erlaubnis nahm, so mit mir zu reden. »So war das nicht.«

Sie stand auf und strich ihren Rock glatt. »Die Suppe kannst du schön allein auslöffeln. Also wirklich!« Mit diesen Worten strebte sie bereits auf die Zimmertür zu.

»Warte«, bat ich sie, obwohl es mir eigentlich widerstrebte, um Hilfe zu bitten. »Es gibt da noch ein wirkliches Problem.«

Jennifer blieb stehen und schien tatsächlich mit sich zu ringen, ob sie mich anhören sollte. Schließlich drehte sie sich um. »Welches?«

»Els hat einen Stalker.«

»Els?«

»Ihre Mutter ist Holländerin.«

Wieder wickelte Jennifer eine Strähne um ihren Finger und dachte nach. »Els Stritsch. Der Name ist so ungewöhnlich, den habe ich mir gemerkt.«

»Du kennst sie?«, fragte ich verblüfft.

»Nur in ihrer Funktion als Chefredakteurin vom Cherié-Magazin, nicht persönlich. Ich lese das Editorial ganz gern.« Ihre Wangen färbten sich leicht rot, als hätte sie etwas Unanständiges zugegeben. »Vorne ist immer ein Bild drin. Sie ist wirklich umwerfend schön«, sagte Jennifer vollkommen ohne Neid.

»Sie hat einen Stalker, als ich versucht habe, seine E-Mail-Adresse zurückzuverfolgen, bin ich bei mir selbst gelandet.«

Ihre Stirn legte sich in tiefe Falten, denn sie wusste genauso gut wie ich, dass das nichts Gutes bedeutete. »Ich sehe es mir mal an.«

Ohne ein weiteres Wort verschwand sie aus meinem Zimmer und ließ mich grübelnd zurück.

***

Von: els.stritsch@cherie-magazin.de
An: claudia.piene@yahoo.co.aus

Tja, sieht so aus, als hätte ich mich geirrt. Bertram hat die Aufgabe, mich zu beeindrucken, etwas zu ernst genommen und meine E-Mails gelesen, sowie meine SMS und Himmel weiß was noch. Er ist IT-Spezialist und hat sich gestern Abend bei mir verplappert, woraufhin ich ihn rausgeworfen habe, während er versucht hat, sich zu rechtfertigen.

Ich hätte gleich wissen müssen, dass er viel zu perfekt und aufmerksam ist. So gut kann gar kein Mann sein. Sollte ich nicht alt genug sein, um solchen Windbeuteln nicht mehr auf den Leim zu gehen?

Wahrscheinlich hätte ich beim langweiligen Ulrich bleiben sollen ...

Sieht aus, als müssten wir doch in eine WG mit unseren 94 Katzen und strengem Zwiebelgeruch ziehen, wenn du wieder hier bist.

E.

11 – Els

Als ich meine Tasche im Büro auf den Schreibtisch warf, fühlte ich mich wie gerädert. Ich hatte die ganze Nacht praktisch kein Auge zugetan und abwechselnd über die E-Mails und Bertram nachgedacht.

Zwar glaubte ich nicht, dass er hinter den E-Mails steckte, doch es nagte an mir, wie er mich hintergangen hatte. Da öffnete ich mich zum ersten Mal seit Jahren einem Mann und bekam direkt so ein Ergebnis präsentiert. Männer waren einfach zum Abgewöhnen.

Mein Computer war startklar und im Stehen öffnete ich mein Postfach. Obwohl ich bereits mit einer neuen Nachricht gerechnet hatte, verkrampfte sich dennoch mein ganzer Körper, als ich den Absender *love_els@geheimnisvo.ll* entdeckte.

Ich wollte beim besten Willen nicht schwach sein, aber meine Finger zitterten, als ich die Nachricht öffnete. Es war eine Collage, die ich bereits kannte, doch dieses Mal war nicht nur Ulrichs Kopf mit dem Verbotsschild versehen, sondern auch Bertrams. Die Bildunterschrift lautete: »Braves Mädchen!«

Mehrfach schluckte ich krampfhaft, um mich nicht auf meinen Schreibtisch zu übergeben. Weil meine Beine mich nicht länger tragen wollten, setzte ich mich an den Tisch. Während ich auf den Bildschirm starrte, tanzten kleine Punkte vor meinen Augen und hinter meiner Stirn meldeten sich die ersten Anzeichen einer Migräne.

So gern wollte ich mit irgendjemandem darüber reden, aber mit wem?

Mit Ulrich hatte ich Schluss gemacht, Bertram hatte mich hintergangen, Claudia war in Australien, weshalb ich sie nicht beunruhigen wollte. Ihr würde ich es nämlich zutrauen, dass sie sofort ins nächste Flugzeug stieg, um mir beizustehen. Dabei war bis jetzt streng genommen noch gar nichts passiert. Sandra und Reni fielen ebenfalls aus, weil ich beide eher beruflich kannte und bisher noch nicht viel Privates mit ihnen geteilt hatte.

Außerdem hätte ich ihnen von meiner Affäre mit Ulrich erzählen müssen und das wollte ich nicht.

Tränen stiegen mir in die Augen, als ich erkannte, dass ich wohl auf mich gestellt war. Es bestand zwar die Möglichkeit, zur Polizei zu gehen, doch wie die mir helfen sollte, war mir selbst ein Rätsel.

Bisher hatte ich nur E-Mails mit teilweise unanständigen Bildern bekommen. Dass Ulrich der Mann der Bürgermeisterin war, half mir nicht unbedingt, denn jeder in der Stadt würde ihn sofort erkennen – da konnte ich die Fotos ebenso gut selbst an die Magazine weiterleiten, die sich für so etwas interessierten. Weil ich nicht wusste, was ich sonst noch tun konnte, tippte ich zum ersten Mal eine Antwort an die E-Mail-Adresse: »Was willst du?«

So schickte ich den Satz ab, denn mehr interessierte mich nicht.

Die Fingerspitzen gegen meine Schläfen gepresst starrte ich auf meine Schreibtischplatte und fluchte innerlich. Nichts davon hätte ich im Leben laut gesagt.

Am liebsten hätte ich »Nein« geschrien, als es an meiner Tür klopfte.

Sandra steckte den Kopf herein und ihre Augen funkelten. »Also, ich würde ihn heiraten.«

»Was?«, fragte ich verständnislos. Ein gewisser Druck baute sich hinter meinen Augen auf und führte zu einem unangenehmen Gefühl.

Sie trat ein, die Arme geheimnisvoll hinter dem Rücken verschränkt, und drückte mit dem Fuß die Tür zu. »Tadaaaaaa!«, rief sie und schwenkte eine große Tragetasche von Jason Wu durch die Luft.

Ihr Freudenschrei hatte sich in mein Trommelfell gebohrt und dazu geführt, dass meine Ohren sausten. Während ich sie noch immer ansah, tastete ich in meiner Schreibtischschublade nach dem Blister mit Migränetabletten, den ich dort aufbewahrte.

Natürlich hatte ich eine Ahnung, von wem dieses Geschenk kam. Aber allein der Gedanke an ihn bohrte sich wie ein Messer in meinen Magen.

Sandra ließ die Tüte zu Boden sinken. »Freust du dich gar nicht?«

Es fiel mir schwer, überhaupt die Mundwinkel nach oben zu ziehen. »Was ist es denn?«

Mit vorsichtigen Bewegungen entfernte sie die feinen Lagen Seidenpapier und hielt schließlich ehrfürchtig die Luft an. »Oh Gott«, hauchte sie.

Der Stoff raschelte leise, als sie das wunderschöne dunkelgrüne Kleid herauszog. Es stammte aus der aktuellen Kollektion und ich hatte es schon bewundert. Die langen grünen Ärmel wurden durch einen atemberaubenden Rückenausschnitt ergänzt und vorne war es drapiert. Die Farbe komplementierte meine Haarfarbe und meine blasse Haut.

Sandra reichte mir einen Umschlag und tänzelte aus der Tür, das Kleid hatte sie über dem Besucherstuhl ausgebreitet. »Bitte verrate mir bei Gelegenheit, wo man solche Männer kennenlernt.«

Mein kraftloses Lächeln verschwand in der Sekunde, in der sie mein Büro verließ. Ich ertrug den Anblick des Kleides kaum und musste mich beherrschen, nicht nach der Schere zu greifen. Stattdessen nahm ich erst einmal eine Tablette und trank mehrere große Schlucke Wasser.

Meine Finger zitterten leicht, als ich den Umschlag öffnete und die Karte herauszog. Eigentlich wollte ich es gar nicht lesen, aber ein perverser Zwang erfasste mich.

»Nichts ist in dieser unzuverlässigen Welt so schwer zu erwerben und so leicht zu zerstören wie Vertrauen.«

Wieder ein Murakami-Zitat, dieser Mistkerl. Das hatte ich davon, dass ich gedacht hatte, es könnte mit uns funktionieren. Vielleicht war ich einfach verflucht. Oder ich suchte mir einfach aus Selbstschutz die falschen Männer aus, wer wusste das schon? Bertram war mir unter die Haut gegangen und ich hatte ihn in mein Leben gelassen. Dass ich diese Tatsache so schnell bereuen würde, hatte ich allerdings nicht gedacht.

Er konnte meinen Geschmack gut einschätzen und war einfühlsam. Auf der anderen Seite hatte er sich scheinbar Zugang zu meinem Handy und meinen E-Mails verschafft – dass er das konnte, stand außer Frage, immerhin war es mehr oder weniger sein Beruf.

Am meisten störte mich, dass mir bereits gestern Abend ein kleines Stimmchen permanent die Frage ins Ohr gewispert hatte, ob Bertrams Vergehen wirklich so schlimm war. Konnte man ihm trauen? Wollte ich ihm trauen?

Meine Schultern verspannten sich immer mehr, je länger ich über die Frage nachdachte und plötzlich fühlte ich mich, als hätte ich seit Wochen nicht mehr richtig geschlafen. Dabei waren es lediglich ein paar Tage gewesen, in denen ich nicht auf meine acht Stunden gekommen war, die ich sonst so penibel einhielt.

Vor meiner Tür erhoben sich laute Stimmen, bis es schließlich an meine Tür klopfte. Natürlich verspürte ich nicht die geringste Lust, Besuch zu empfangen, aber ich wusste ja nicht, was Sandra dem unerwünschten Gast erzählt hatte.

Kraftlos rief ich: »Herein.«

Bei Gerts Anblick hätte ich am liebsten aufgeschrien, doch ich zwang mich zu einem knappen Nicken. »Was kann ich für dich tun?«

Er sah sich um, als würde er irgendetwas suchen. »Hast du die Blumen gar nicht ins Wasser gestellt?«

Ich machte mir nicht einmal die Mühe zu antworten, und als sein Blick weiterwanderte, fiel er unweigerlich auf das grüne Kleid. »Oh, das sieht aber hübsch aus.«

Das Blut rauschte unfassbar laut in meinen Ohren und die Beleuchtung meines Büros bohrte sich schmerzhaft in meine Pupillen. Lange sah ich Gert einfach nur an und fragte mich, ob er möglicherweise hinter den E-Mails stecken konnte.

Was genau mich antrieb, konnte ich nicht sagen, aber mit einem bitteren Lächeln sagte ich: »Ja, nicht wahr? Ein Geschenk von meinem Freund.«

Er schrumpfte sichtbar zusammen. »Du bist gar nicht Single?« Seine Unterlippe begann zu zittern und ich schnaubte durch die Nase. Es war wirklich ausgeschlossen, dass er überhaupt die Kraft besitzen würde, eine solche Aktion zu planen, geschweige denn durchzuziehen. »Aber ich dachte, zwischen uns, da wäre –«

Gert sah mich an und mein Gesichtsausdruck musste Bände gesprochen haben, denn er schluchzte auf und rannte hinaus. Die Tür fiel mit einem lauten Knall hinter ihm zu.

Großartig, Gert war also von den Verdächtigen ausgeschlossen und für Tratsch in der Redaktion hatte ich gerade wohl auch noch gesorgt.

Das hatte alles keinen Zweck mehr. Ich würde etwas tun, das ich wirklich fast nie tat, und einfach nach Hause gehen.

Mit schnellen Handgriffen packte ich meine Tasche, fuhr den Computer hinunter und verließ das Büro. Sandra war nicht an ihrem Platz, also kritzelte ich eine schnelle Notiz und legte sie auf ihre Schreibtischunterlage.

Als die Aufzugtüren auseinanderglitten, starrte ich geradewegs in das Gesicht meines Lieblingsredakteurs, Bernd Schlich. Er lächelte mich erfreut an. »Boss, ich wollte gerade zu dir.«

Wie jedes Mal rollte ich bei dieser Anrede mit den Augen. »Ich habe auch einen Vornamen. Ist es etwas Wichtiges?«

»Nö, nur der Ausdruck der Kolumne.« Bernd trat zur Seite, damit ich in den Aufzug konnte, und reichte mir die Seiten.

»Danke, ich lese sie heute Abend.« Ungesehen schob ich den Text in meine Tasche und drückte ungeduldig die Taste fürs Erdgeschoss.

Bernd musterte mich von der Seite und ich seufzte. »Frag schon.«

»Warum hat Gert geheult?«, platzte es aus ihm heraus. »Er kam gerade aus dem Aufzug, als ich hineinwollte.«

»Lediglich ein Missverständnis hoffe ich.« Da Bernd sehr vertrauenswürdig war, fügte ich noch hinzu: »Er hat sich amouröse Hoffnungen gemacht, die ich wohl nicht erwidert habe.«

Bernd gab ein Geräusch von sich, das zwischen Entsetzen und unterdrücktem Lachen alles hätte sein können.

Bevor er noch etwas sagen konnte, winkte ich ab. »Egal. Ich habe Migräne und gehe jetzt nach Hause. Bis morgen.«

»Gute Besserung. Bis morgen«, sagte er und zwinkerte mir gutmütig zu. »Ich behalte es für mich.«

Dankbar nickte ich und verließ den Aufzug. Konnten nicht alle meine Mitarbeiter ein bisschen mehr wie Bernd sein?

***

Nachdem ich ein kleines Schläfchen gehalten hatte, fühlte ich mich tatsächlich besser, wenn auch alles andere als optimal. Mir ging einfach zu viel durch den Kopf.

Da ich weder Lust hatte fernzusehen noch etwas anderes zu tun, beschloss ich, dass ich getrost noch ein wenig arbeiten konnte, wenn ich schon früher nach Hause gegangen war. Bernds Kolumne würde mich sicher aufheitern. Ich war ein großer Fan seines Stils und hatte die Kolumne extra für ihn ins Leben gerufen, obwohl ich ihn regelrecht überreden musste, sie zu übernehmen.

Ich holte die Seiten aus meiner Tasche und machte es mir auf der Couch gemütlich.

Heimliche Begierden

Wir haben sie alle. Leugnen ist zwecklos. Manche beneidenswerte Leute sind in der Lage, ihre eigentlich streng geheimen Begierden offen auszuleben, weil es etwas ist, was von der Gesellschaft akzeptiert oder zumindest toleriert wird.

Andere – wie auch ich – frönen ihrer Lust versteckt. Schlicht, weil es nicht anders möglich ist. Während die einen jeden Tag Thunfisch essen, im Stehen direkt mit einer Kuchengabel aus der Dose, und andere heimlich Damenunterwäsche tragen oder einen Dildo auf der Arbeit, bin ich unglücklich verliebt.

Die Lady ist bezaubernd und schöner, als ich es je in Worte fassen könnte – manchmal bin ich ihr so nah, dass ich an ihrer zarten Porzellanhaut riechen kann. An anderen Tagen muss ich mich mit dem blassen Abklatsch davon begnügen und schnuppere zu Hause an ihrem Parfüm.

Ja, ich besitze ihr Parfüm.

Geplant war das nicht, aber welche heimlichen Begierden sind schon geplant? Ich war zufällig in einer Parfümerie, um ein Geschenk für eine Freundin zu kaufen, als die Beraterin mich an einem der unzähligen Flakons hat riechen lassen.

Ein scharfer Schmerz, unbändiges Begehren durchfuhr mich bei dem Hauch von Veilchen und machte jedes weitere Denken nahezu unmöglich. Ich fühlte mich ein wenig, als hätte ich einen Verlust erlitten, als sei mir etwas Wunderbares abhandengekommen, das ich nie richtig besessen hatte.

Die Wahrheit ist nämlich, dass meine Angebetete nicht einmal meinen richtigen Namen weiß. Zwar nimmt sie meine Existenz zur Kenntnis und redet mit mir, aber von meinen Gefühlen ahnt sie gar nichts. Dabei würde ich so gern die Hand ausstrecken und sie an mich ziehen, mich in dem zarten Veilchenduft verlieren …

Schlimm sind solche Begierden eigentlich nicht. Ein bisschen imitieren wir damit das erste Verknalltsein in der Teenagerzeit. Sie können eine gute Triebfeder bieten, wenn wir beispielsweise morgens beschwingt aufstehen, weil wir wissen, dass wir sie/ihn/es heute sehen, machen, essen, erfahren, fühlen/etc. werden.

Die Liste der möglichen Begierden ist schier endlos. Problematisch wird es nur, wenn die harmlosen Gelüste in richtige Obsessionen umschlagen.

Langsam ließ ich die Blätter sinken, und versuchte nicht darüber nachzudenken, dass mein Parfüm nach Veilchen duftete. Der Text war für Bernds sonstige Verhältnisse schon fast poetisch und ich konnte gar nicht anders, als mich zu fragen, wie viel Wahrheit wohl darin steckte.

Während ich mir einredete, dass ich furchtbar eingebildet war und er sicherlich nicht über mich sprach, kroch eine Gänsehaut langsam meine Wirbelsäule entlang. Bis mir schließlich einfiel, dass ich gar nicht gemeint sein konnte, immerhin kannte ich seinen Namen.

Im folgenden Absatz erging er sich in Details aus einem Gespräch mit einem Psychologen zu dem Thema Obsession und wie schnell aus der positiven Attitüde ein negativer Beigeschmack entstehen konnte, der rasch zu einer teuflischen Triebfeder werden konnte.

Eigentlich war alles in Ordnung. Doch der kleine Teil in mir, der wütend, teils aggressiv darauf reagierte, dass sie mich nicht zur Kenntnis nahm, mich in meiner Funktion als Mann ignorierte, wurde immer größer.

Eskaliert ist das Ganze für mich in einer eigentlich sehr romantischen Nacht. Mit Freunden war ich in einer Bar und habe den Abend genossen. Die Luft war so schön kalt und klar, die Gehwege waren ausnahmsweise geräumt, und ich beschloss, zu Fuß nach Hause zu gehen.

Unterwegs kam ich an einem Hotel vorbei und sah die Lady dort stehen. Unmittelbar schlug mein Herz bis zum Hals, ich wollte sie ansprechen. Das war die perfekte Gelegenheit! Meine Seifenblase zerplatzte, als ich den anderen Mann sah.

Dabei wusste ich bereits, dass es schon einen Mann in ihrem Leben gab. Diesen hielt sie zwar geheim, immerhin war er verheiratet, aber es gab ihn. Warum also ein zweiter Mann?

Obwohl ich mich schäbig dabei fühlte, folgte ich ihnen bis zu ihr nach Hause, und während ich draußen in der Dunkelheit stand und die Schneeflocken wieder zu fallen begonnen hatten, wurde mir klar: Sie ignorierte nur mich. Mich ganz allein.

Mit einem unguten Gefühl ließ ich den Text sinken und zog es ernsthaft in Erwägung, Bertram anzurufen. In diesem Moment wollte ich einfach nicht allein sein. Die Parallelen zwischen mir und der Frau aus dem Text waren einfach viel zu groß – so groß, dass es unmöglich Zufall sein konnte.

Meine Kopfhaut prickelte und ich hörte mich selbst viel zu laut in der stillen Wohnung atmen. Irgendwie überraschte es mich nicht einmal besonders, dass es klingelte.

Trotzdem wollten meine Füße mich kaum bis zur Tür tragen. Die ganze Zeit fragte ich mich, wie ich Bernds offensichtliche Zuneigung hatte übersehen können. Die

Gewissheit, dass er es war, der vor der Tür stand, hatte sich bereits gefestigt.

Die Frage war nur, wie ich mich verhalten sollte. Die Polizei zu rufen wäre einfach nur lächerlich, denn immerhin hatte er nur geklingelt.

Vorzugeben, dass ich nicht da war, ebenso, ich hatte ihm schließlich selbst gesagt, dass ich nach Hause gehen würde.

Widerstrebend öffnete ich die Tür. Bernd lächelte mich an, als würde ich ihn erwarten, weil ich ihn eingeladen hatte.

»Hallo Els«, begrüßte er mich und warf einen flüchtigen Blick auf seine Armbanduhr. »Ich nehme an, du bist mit dem Text inzwischen durch?« Damit schob er sich einfach an mir vorbei und betrat den Flur.

Mit einem Seufzen schloss ich die Tür. »Bitte komm doch herein.«

»Vorsicht mit dem Sarkasmus«, sagte er über die Schulter gewandt und ging geradewegs ins Wohnzimmer. Sollte es mich wundern, dass er sich auszukennen schien?

Gelassen nahm er auf dem Sofa Platz und nahm nickend zur Kenntnis, dass der Text auf dem Tisch lag, direkt neben meinem Handy.

»Wenn du so freundlich wärst, es auszuschalten?« Er deutete darauf und behielt dabei das gleichmütige Lächeln bei, das er auch oft bei Redaktionssitzungen zeigte. Eigentlich hatte ich immer angenommen, er würde in solchen Situationen einfach nicht zuhören und stattdessen vor sich hin träumen. »Dein neuer *Freund* ist mir doch ein bisschen zu technikverliebt.«

Ich mochte es überhaupt nicht, wie er das Wort Freund betonte, nahm aber das Handy in die Hand und schaltete es aus.

»Was willst du?«

»Ach Els. Dass du immer gleich zum geschäftlichen Teil kommen willst. Setz dich doch erst einmal zu mir. Wusstest du eigentlich, dass mein Name Schilch ist und nicht Schlich? Am Anfang muss da wohl ein Buchstabendreher passiert sein und du hast mich in der Redaktionssitzung mit dem falschen Namen vorgestellt. Es war mir so peinlich, dass ich nichts gesagt habe – auch, weil ich dich nicht in Verlegenheit bringen wollte. Dann stand er falsch im Impressum der Zeitung und unter jeder Kolumne. Irgendwann war es einfach zu spät, um noch etwas zu sagen.« Er atmete schwer aus, ein Laut des Bedauerns, und klopfte dann auffordernd auf das Sofa neben sich.

Allein bei dem Gedanken fühlte ich mich körperlich abgestoßen. »Ich nehme an, dass ich die unnahbare Lady aus deiner Kolumne bin?«

»Unnahbar? Du bist eiskalt. Zumindest habe ich jetzt genug Klarheit, das zu sehen. Vorher dachte ich einfach nur, dass du schüchtern bist. Jetzt weiß ich es besser, Schlampe.«

Innerlich raste ich vor Wut, äußerlich zog ich einfach nur unbeeindruckt meine Augenbraue hoch. Irgendetwas musste ich tun, um ihn loszuwerden, doch so richtig wusste ich noch nicht was. »Glaubst du vielleicht, du weißt irgendetwas über mich?«

»Ich weiß alles, was ich wissen muss. Mehr als du denkst. Lass es mich dir zeigen.«

Erschrocken trat ich einen Schritt nach hinten, doch er wollte gar nicht zu mir, stattdessen ging er zu meinem Fernseher und beugte sich darüber.

Als er sich wieder umdrehte, präsentierte er mir eine kleine Kamera, nicht größer als ein USB-Stick. Mein Entsetzen war kaum in Worte zu fassen.

»Warum?«, fragte ich erstickt.

Er zuckte mit den Schultern, als hätte er mir lediglich einen einfachen Kartentrick gezeigt. »Anfangs war ich nur verzaubert, dann war ich besessen und jetzt bin ich es leid. Du solltest dich bei mir entschuldigen.«

Irritiert versteifte ich mich, das würde ich ganz sicher nicht tun. Krampfhaft suchte ich nach einem Ausweg.

»Kann ich dir etwas zu trinken anbieten?«

»So weit ich weiß, hast du noch eine Flasche Champagner im Kühlschrank. Da sage ich nicht Nein. Aber komm ja nicht auf dumme Ideen, Els. Du hast zwar eine Schublade mit ganz wunderbaren Messern aus japanischem Edelstahl, aber ich würde dir raten, sie geschlossen zu lassen.«

Mit einem knappen Nicken ging ich in die Küche und bemerkte mit Abscheu, dass er mir offenbar gar nicht vertraute und es vorzog, mir zu folgen ...

***

Von: claudia.piene@yahoo.co.aus
An: els.stritsch@cherie-magazin.de

Liebes,

mir ist bewusst, dass ich ohnehin einen gewissen Hang zu Psychos, Bad Boys und potenziellen Serienmördern habe, aber meinst du nicht, du solltest sein Verhalten als Kompliment auffassen?

Ja, er hat deine E-Mails gelesen, aber das macht die NSA doch auch – und ich, weil ich noch immer dein Passwort habe. Wenigstens hat er sich überhaupt Mühe gegeben, dich zu beeindrucken.

Hast du mal in den Spiegel gesehen? Du bist umwerfend schön, aber die Eisprinzessin ist in Sachen Unnahbarkeit die reinste Niete gegen dich. Du bist klug und wortgewandt und du hast einen Blick, der die Hölle zufrieren lassen kann, und Geld. Was soll ein Mann denn für Geschütze auffahren, damit er dich beeindrucken kann?

Versteh mich nicht falsch. Ich sage nicht, dass es richtig war, was er getan hat, aber vielleicht sind ein massiver Anschiss und eine zweite Chance für ihn drin?

C.

12 – Bertram

Nachdem ich die letzte Nachricht gelesen hatte, in der Els tatsächlich ihren Stalker kontaktierte, hielt mich nichts mehr in meinem Hotelzimmer. Es war mir völlig egal, wie viele Grenzen ich damit übertrat, aber ich würde Els sofort in ihrem Büro besuchen und hoffentlich davon abhalten, irgendetwas Unüberlegtes zu tun.

Wenn ich die Geschwindigkeitsbegrenzungen geflissentlich ignorieren würde, konnte ich den Weg in knappen zwanzig Minuten zurücklegen, plus minus drei Minuten, je nachdem, wie vielen roten Ampeln ich begegnete. Solange ich niemanden gefährdete, scherten mich die Verkehrsregeln in solchen Situationen nicht.

Während ich so schnell wie möglich durch den dichten Verkehr in der Innenstadt fuhr, dachte ich über meine ergebnislose Suche nach. Obwohl ich Els' Handy und Computer mehrfach unter die Lupe genommen hatte, konnte ich keine Spur ihres Stalkers finden. Els nahm scheinbar an, dass der Mann – irgendwie war ich davon überzeugt, dass es ein Mann sein musste – sie erpressen wollte. Meine Fantasien waren um einiges bedrohlicher. Offenbar wurde da jemand von unerfülltem Verlangen angetrieben und das würde etwas schwerer zu befriedigen sein als eine simple Geldforderung.

Was mich fast in den Wahnsinn trieb, war die Gewissheit, dass ich irgendetwas übersah. Genau wie ich musste ihr Stalker an seine Informationen gekommen sein und das war praktisch unmöglich, ohne Spuren zu hinterlassen. Warum fand ich also keine?

Energisch drückte ich auf die Hupe, damit der Rollerfahrer vor mir weiter nach rechts fuhr, sonst konnte ich ihn nicht überholen. Es gab nicht den geringsten Grund, mit 30 Stundenkilometern mitten in der Spur zu fahren, wenn hier 50 erlaubt waren.

Da es ohnehin nur ein Leihwagen war, der nicht auf meinen richtigen Namen lief, parkte ich ihn direkt vor dem Eingang des Verlagsgebäudes, obwohl der Platz von

Halteverbotsschildern nur so wimmelte. Dann würde er halt abgeschleppt werden, es war mir herzlich egal.

Wie üblich sprach mich niemand an, auch wenn genug Leute mein Manöver beobachteten. Ich hatte schon früh gelernt, dass man mit praktisch allem durchkam, wenn man teuer gekleidet war und mit einem angepissten Gesichtsausdruck aus einem exklusiven Wagen sprang.

Es war erschreckend leicht, bis in die Redaktionsräume vorgelassen zu werden. Els' Büro befand sich jedoch im zweiten Stock, und da die Aufzugtüren sich ohnehin gerade öffneten, trat ich hinein.

Vor mir ging ein anderer Mann hinein, als die Türen sich hinter mir schlossen, drehte er sich um. Ein Moment des Erkennens glitt über sein Gesicht und seine Miene verdunkelte sich.

Ich freute mich nun auch nicht unbedingt, Ulrich hier zu treffen, der bis vor Kurzem immerhin der andere Mann in Els' Leben gewesen war. Schnell kalkulierte ich, wie hoch wohl die Wahrscheinlichkeit war, dass sie ihm von meinem Vergehen berichtet hatte.

Da er mich böse anfunkelte, fragte ich leichthin: »Entschuldigung, kennen wir uns?«

Er rümpfte die Nase und streckte seinen Arm aus. Mit kritisch hochgezogener Augenbraue beobachtete ich, wie er die Stopptaste drückte. Mit einem leisen Zischen hielt der Aufzug an.

»Ich weiß zumindest, wer Sie sind. Was wollen Sie hier?«, herrschte er mich an und machte einen Schritt auf mich zu. Auf der einen Seite hoffte ich, dass er mir einen Grund gab, ihn zu schlagen, auf der anderen Seite hatte ich gerade Besseres zu tun.

»Ich mache mir Sorgen um Els, weil ein Unbekannter sie bedroht.«

Sofort wurde seine Körperhaltung schlaff und er schob die Unterlippe vor. »Dann stecken Sie nicht dahinter?«

»Lassen Sie mich raten: Sie waren gerade auf dem Weg zu Els, um sie genau davon zu überzeugen.«

Sein Gesicht wurde feuerrot und ich fragte mich ernsthaft, woher er die Fertigkeit nahm, seiner Frau eine

Affäre zu verheimlichen, denn er schien überhaupt nicht lügen zu können. »Nein.«

Ich lächelte nur spöttisch. »Verstehe.« Damit drückte ich erneut die Stopptaste, damit der Aufzug seine Reise fortsetzte.

Doch sofort hielt Ulrich den Fahrstuhl wieder an. Langsam wurde ich ungeduldig. Er zerrte einen Gegenstand aus seiner Tasche, der unschwer als Ringschatulle zu identifizieren war. »Els gehört zu mir«, stieß er aufgebracht hervor und wedelte mit dem kleinen Etui.

Nachdrücklich sorgte ich dafür, dass der Aufzug seine Fahrt fortsetzte. »Wir werden sehen«, brachte ich neutral über die Lippen.

Dabei lagen mir ganz andere Wünsche für ihn auf der Zunge. Aber ich war klug genug, mir meinen Teil zu denken. Er nahm doch nicht wirklich an, dass Els einen Heiratsantrag von ihm annehmen würde, oder? Nicht, solange ich lebte.

Ulrich preschte voran und ich musste ihm lediglich folgen, um zu Els' Büro zu gelangen. Das hatte gewisse Vorteile, denn ich war hier ja noch nie gewesen, nur meine Geschenke hatte ich stets hierhin geschickt.

»Sandra«, sagte Ulrich knapp und nickte der Dame an dem Schreibtisch zu, der mehr oder weniger direkt vor der großen doppelflügeligen Tür stand, die in Els' Reich führen musste.

»Herr Manasch, tut mir leid, aber Frau Stritsch ist nicht da.«

Fast hätte ich gestöhnt. Deswegen hatte Els so ein Geheimnis aus der Affäre gemacht! Wenn ich mich nicht täuschte, hieß die amtierende Bürgermeisterin Manasch. Els' Sekretärin oder Assistentin sah mich jetzt neugierig an.

Da Ulrich genauso interessiert daran zu sein schien, meinen Namen zu erfahren, beschloss ich, dem Thema geschickt auszuweichen.

»Hallo, ich wollte nur fragen, ob mein Paket angekommen ist.«

Sandras Augen begannen zu funkeln. »Von Jason Wu?«, hauchte sie und beugte sich näher in meine Richtung.

»Genau.«

Völlig verzaubert musterte sie mich und befand anschließend, dass ich für ihre Chefin gut genug war. »Els ist nach Hause gegangen, weil sie sich nicht wohlgefühlt hat.«

Sandra sah sich um, ob uns irgendjemand beobachtete, doch außer uns und Ulrich war niemand im Raum. Dann winkte sie mich näher zu sich. »Sie hat sich vorher mit Gert gestritten.«

»Gert?«, fragte ich nach.

»Gert Klaußen, der Anwalt, arbeitet aber in der Buchhaltung.«

Ein Ruck ging durch Ulrich und er nickte Sandra zu, bevor er meinen Arm packte und mich mit sich zog. Als wir außer Hörweite waren, zischte er mir zu: »Jetzt wo sie es erwähnt hat, Els hat sich in der Vergangenheit ein paar Mal über ihn beschwert. Meinen Sie, er könnte hinter den Bildern stecken?«

Ich drehte mich auf dem Absatz um. »Sandra, ist dieser Gert noch da?«

Sie zuckte mit den Achseln. »Ich denke schon. Er sitzt im Stockwerk hier drunter, Zimmer 157.«

Ulrich hielt bereits die Tür zum Treppenhaus auf und ich folgte ihm, allerdings nicht ohne Sandra vorher zu danken, die mit einer sichtlichen Röte im Gesicht abwinkte.

Ich konnte mir zwar nicht vorstellen, dass Els ihr irgendetwas erzählt hatte, aber wenn Sandra schon bemerkt hatte, dass etwas nicht stimmte, war meine Sorge sicher berechtigt.

Vor Zimmer 157 blieben wir stehen. Sehr kurz und energisch klopf ich gegen die Tür, bevor ich direkt darauf eintrat.

Es war auf den ersten Blick ersichtlich, dass Gert absolut nichts damit zu tun hatte. Der Mann heulte wie ein Schlosshund. Der gesamte Schreibtisch war mit Papiertaschentüchern bedeckt. Entsetzt blickte er auf, als wir eintraten.

Seine Stimme klang erstickt, als er fragte: »Ja, bitte?«

»Wir suchen die Chefredakteurin, Els Stritsch«, sagte ich nur.

Er runzelte die Stirn. »Da sollten Sie es vielleicht in ihrem Büro versuchen. Im Stockwerk hier drüber, eine große Tür, können Sie gar nicht verfehlen.«

Weil er ziemlich überzeugend klang, sah ich Ulrich fragend an. Er zuckte mit den Achseln und wir verließen das Büro. Auf dem Gang strich ich durch meine Haare. Eigentlich hatte ich zwar das Bedürfnis, sie mir büschelweise auszureißen, aber ich hatte mich im Griff. Noch zumindest.

»Und jetzt?«, fragte ich und als Antwort zuckte Ulrich mit den Achseln.

»Ich habe vorhin versucht sie anzurufen, aber da ist sie nicht drangegangen.«

Geräuschvoll schnaubte ich durch die Nase. Wie überaus hilfreich. »Fällt Ihnen irgendjemand ein, der Els schaden will? Oder ein verschmähter Liebhaber?«

Er dachte nach, bevor er langsam den Kopf schüttelte. »Nicht, dass ich wüsste. Aber sie ist ziemlich verschlossen.«

Mein Handy begann zu klingeln und ich zog es aus der Innentasche meiner Jacke. Der Name war gut sichtbar zu lesen. »JENNIFER« stand im Display, ich wollte den Anruf gerade annehmen, weil ich sie immerhin gefragt hatte, ob sie sich die Sache mit Els mal ansehen würde, als die Klingelmelodie sich änderte und der Bildschirm sich teilte.

Der zweite Anruf war von Els, ihr Name stand nun ebenfalls auf dem Bildschirm und Ulrichs Mund öffnete sich vor Erstaunen. »Wie funktioniert das?«, wollte er wissen.

Ich ignorierte ihn und nahm den Anruf an. Es kostete mich keine Sekunde, die Entscheidung zu treffen, wessen Anruf ich annehmen wollte.

»Hi«, meldete sie sich leicht atemlos. »Ich glaube, ich habe jemanden getötet.«

13 – Els

Ich wagte es nicht, mich auch nur einen Zentimeter zu bewegen. Stattdessen umkrampften meine Finger noch immer die leere Champagnerflasche, deren Inhalt in der kompletten Küche verteilt war.

Bernds Kopfwunde hatte schon vor einer Weile aufgehört zu bluten, und vielleicht atmete er doch noch. Aber auf keinen Fall würde ich nachsehen oder überhaupt in seine Nähe gehen.

Endlich klopfte es energisch gegen meine Tür, während es gleichzeitig Sturm läutete. »Els, mach auf!«

Bertrams Stimme sorgte dafür, dass ich beinahe in Tränen ausbrach, obwohl ich mich bis dahin recht tapfer gehalten hatte.

Zwar traute ich mich kaum, den Blick von Bernd zu nehmen, doch ich ging zur Tür und öffnete sie. Wortlos eilte ich daraufhin zurück in die Küche, Bertram folgte mir und atmete erleichtert aus.

»Gott sei Dank, dir ist nichts passiert!« Er drehte sich um, begutachtete Bernd und stieß ihn ziemlich unsanft mit der Fußspitze an.

»Hey, vorsichtig«, wies ich ihn zurecht.

»Was?«

»Nachher verletzt du ihn noch!« Ich musste unter Schock stehen, anders konnte ich mir den Unsinn, den ich gerade von mir gab, nicht erklären.

Eigentlich hätte ich ein dringendes Gespräch mit Bertram über sein Verhalten führen müssen, aber der Bewusstlose auf meinem Fußboden hielt mich davon ab. Das war nicht das Umfeld, das ich mir für eine solche Diskussion vorstellte.

»Du schlägst den Mann nieder, nachdem er dir heimlich geschossene Bilder geschickt und dich beschimpft hat, aber ich darf nicht sichergehen, ob er sich nur ohnmächtig stellt?«

Wütend runzelte ich die Stirn. »Ich weiß nicht einmal, warum ich ausgerechnet dich angerufen habe.«

Bertram lächelte mich an und kam auf mich zu. Meine abwehrende Körperhaltung schien erschreckend wenig zu nutzen. »Das weißt du sehr wohl.«

»Weil du schon mal jemanden umgebracht hast?«, fragte ich schnippisch, doch mein Herz schlug wie wild.

Er legte seine Hände auf meine Oberarme, ganz sanft. »Natürlich nicht. Aber für dich hätte ich herausgefunden, wie man eine Leiche fachgerecht entsorgt.«

Das war das merkwürdigste Kompliment, das ich je bekommen hatte, und es hätte mich vermutlich zutiefst verunsichern sollen, doch stattdessen fühlte ich mich beschützt und wurde ruhiger.

Mein Kopf sank gegen seine Brust und er zog mich an sich.

Sein Hemd sog sich in Sekundenschnelle mit meinen Tränen voll und ich konnte die nassen Flecken an meinen Wangen spüren. Leise schluchzte ich vor mich hin und war seltsam erleichtert, dass er hier war. Eigentlich sollte ich noch immer sauer sein – und doch hatte ich nicht mal einen Herzschlag gezögert, bevor ich ihn angerufen hatte.

»Was ist passiert?«

»Er ist mir in die Küche gefolgt, um sicherzugehen, dass ich mir nicht ein Messer oder so aus der Schublade hole. Als ich den Kühlschrank aufgemacht und die Flasche gesehen habe, ist mir die Idee gekommen, dass ich ihn damit genauso gut schlagen könnte. Aber es ist fast schon schade um den Champagner – die Flasche war bestimmt noch zu Dreiviertel voll.«

»Hat funktioniert.«

Ich nickte an seiner Brust und wollte nicht einmal mehr hinsehen. »Lebt er noch?«

»Leider ja«, brummte Bertram und ich lachte erstickt, weil meine Nase verstopft war. »Was machen wir denn jetzt mit ihm?«

Bertram löste sich langsam von mir und sah von mir zu dem regungslosen Mann auf dem Boden. »Wenn ich das mal wüsste!«

Wir zuckten beide zusammen, als heftig an meine Wohnungstür gehämmert wurde. »Bundesnachrichtendienst!«

Kurz darauf klickte mein Schloss, die Haustür schwang auf und ich klammerte mich ängstlich an Bertrams Ärmel. Hatte er etwa doch Dreck am Stecken?

Überrascht starrte ich ihn an, als eine zierliche Frau, vielleicht einen halben Kopf kleiner als ich, lässig in meine Küche spazierte. Ihre braunen Augen wirkten wachsam und erinnerten mich zusammen mit ihrem rotbraun-schimmernden Haar an einen Fuchs.

»Du sagst das wirklich viel zu gern«, bemerkte Bertram trocken, als Antwort schnalzte sie mit der Zunge.

Sie winkte in den Flur und ich erschrak zugegebenermaßen, als daraufhin zwei uniformierte Männer hereinkamen, die sich gleich daran machten, den bewusstlosen Bernd vom Boden aufzuheben. Zwar hatte ich keine Ahnung, aber die Aufmachung der Männer erinnerte mich stark an das Spezialeinsatzkommando der Polizei.

Nachdrücklich räusperte ich mich. »Würde mir jemand erklären, was hier los ist?«

Die Frau straffte die Schultern und hielt mir die Hand hin. »Entschuldigung. Jennifer Böhlke ist mein Name, Bundesnachrichtendienst – und treue Leserin von Cherié.«

Perplex nahm ich ihre Hand und schüttelte sie, während die beiden Uniformierten Bernd mehr oder weniger aus meiner Wohnung schleiften.

»Der Herr hier hat mir von Ihrem Stalker berichtet und mich neugierig gemacht«, erläuterte sie ruhig und deutete mit dem Kopf auf Bertram.

Im Moment konnte ich nur kleine Informationshäppchen verdauen und wiederholte: »Bundesnachrichtendienst?«

»Ja, ab und zu arbeitet Herr Kaspers für uns. Dafür verschließen wir die Augen davor, was er in der restlichen Zeit so treibt.« Sie schenkte mir ein strahlendes Lächeln, das mich vermutlich beruhigen sollte, stattdessen aber alle Alarmglocken bei mir schrillen ließ.

Was sollte das heißen? Was machte Bertram denn sonst so?

Außerdem war ich mir sicher, dass die beiden sich nicht nur beruflich kannten. Doch damit konnte ich mich jetzt nicht beschäftigen. Jennifer spitzte kurz die Lippen und schien zu überlegen, was sie mir erzählen sollte. »Nachdem wir Herrn Schilch aufgespürt hatten, habe ich angefangen, mir Sorgen zu machen. Unter einem anderen Namen hatte er schon ein nettes Vorstrafenregister. Sie sind nicht an Ihr Handy gegangen, und als wir seins geortet haben, fanden wir heraus, dass er bereits hier war – deswegen habe ich gehandelt.«

Tausend Fragen schossen durch meinen Kopf und ich fand das alles reichlich abenteuerlich.

Allerdings kam ich nicht dazu, irgendetwas zu sagen, denn Bertram fragte: »Wie hast du das alles so schnell herausgefunden?«

Wieder schnalzte sie mit der Zunge und warf ihm einen Blick zu, der mir bestätigte, dass sie sich schon länger kannten und nicht nur zusammen gearbeitet hatten.

»Die Frage ist wohl eher, wieso du es nicht herausgefunden hast. Ich dachte, da wartet ein superkomplexes Puzzle auf mich, dabei war es nicht einmal schwierig. Dein Problem war wohl eher, dass du den Wald vor lauter Bäumen nicht gesehen hast, weil du emotional verwickelt warst. Ich möchte nicht das Wort ›nutzlos‹ benutzen, aber es ist mir durch den Kopf gegangen.«

Während Bertram sich sichtlich über den Tadel ärgerte, blieb ich an dem Teil mit den Emotionen hängen. Hatte er wirklich aufrichtige Gefühle für mich und war nur deshalb in meine Privatsphäre eingedrungen?

Jennifer drehte sich zu mir. »Suchen Sie sich einen neuen Redakteur. Bernd Schilch werden Sie unter Garantie nicht weiter beschäftigen und vermutlich auch nicht wiedersehen. Ich freue mich schon auf die Dezemberausgabe.«

Sie bedachte Bertram mit einem knappen Nicken, dann verließ sie meine Wohnung. Die Tür fiel hinter ihr ins Schloss und ich drehte mich ratlos zu Bertram. Eigentlich hatte ich meine Frage eloquenter formulieren wollen, aber es war alles etwas viel gewesen. »Was?« Ich klang nahezu hysterisch.

Bertram streckte die Hand aus und packte meinen Unterarm. Mit sanfter Gewalt entwand er mir die Flasche. Schmerz schoss durch meinen Arm, als ich die

Finger streckte. Mir war nicht einmal aufgefallen, dass ich sie noch immer festgehalten hatte.

»Ich habe Jennifer vor fast zehn Jahren in Hongkong kennengelernt, wir arbeiten ab und zu zusammen und haben auch ab und zu miteinander geschlafen. Nachdem du mich rausgeworfen hast, hat sie mich im Hotel besucht und ich habe ihr von dir erzählt. Offensichtlich eine meiner besseren Ideen in letzter Zeit.« Er zeigte mir ein schiefes Grinsen.

Mit gerunzelter Stirn sah ich ihn an. »Und was passiert jetzt mit Bernd?«

»Willst du das wirklich wissen?«

»Ja?« Dann schüttelte ich den Kopf. »Ich weiß es nicht. Gar nichts weiß ich gerade. Und ich muss die Sauerei hier wegwischen.«

»Ich helfe dir«, bot er an und zog sein Jackett aus. Er hängte es über die Stuhllehne, knöpfte die Manschetten auf und rollte die Ärmel hoch, während ich noch immer mit mir rang, ob ich ihn rauswerfen sollte.

Auf der einen Seite hatte er mich ausspioniert, auf der anderen Seite war er trotz meines dramatischen Anrufs sofort gekommen. Außerdem sorgte seine Nähe bei mir für Herzklopfen.

Mit einem leisen Seufzen holte ich zwei Eimer aus der Abstellkammer.

***

»Du könntest jetzt eigentlich auch gehen«, schlug ich nonchalant vor und warf den Lappen in den Eimer.

»Auf keinen Fall«, entgegnete Bertram und richtete sich auf. Es hatte schon beinah etwas Groteskes, wie wir hier auf den Knien in der Küche hockten und den Boden wischten. »Ich bleibe hier.«

»Und wenn ich nicht will, dass du bleibst?«

»Dann muss ich dich überreden.« Seine blauen Augen leuchteten dunkel und er schien es absolut ernst zu meinen.

»Ich bin nicht leicht zu überzeugen«, sagte ich, dabei schlug mein Herz vor Aufregung hektisch. Fast hatte ich Angst, dass er es hören konnte.

Er antwortete nicht, sondern sah mich einfach nur an, als wäre ihm das absolut klar und vollkommen egal.

Unruhig wischte ich meine Hände an den Hosenbeinen ab. »Ich kann keinen Mann gebrauchen, der mir hinterherspioniert. Wenn du noch einmal auf die Idee kommst, heimlich irgendeine meiner Nachrichten zu lesen, rede ich nie wieder auch nur ein einziges Wort mit dir. Das bezieht sich auf alle Medien: SMS, E-Mails, Notizzettel, Briefe und was mir noch so alles einfällt. Außerdem weiß ich immer noch nicht so genau, was du beruflich machst, aber du wirst es mir ausführlich erklären und ab sofort wird sich alles im legalen Bereich abspielen. Stell dir vor, du würdest erwischt werden! Den Skandal kann ich mir bei meinem Job nicht erlauben.«

Bertram verlagerte sein Gewicht nach hinten auf die Fersen, verschränkte die Arme und betrachtete mich nachdenklich. »Du hast nicht Freund gesagt, du hast Mann gesagt.«

Es kostete mich einige Mühe und war eigentlich nur dem jahrelangen Training als Chefredakteurin zu verdanken, dass ich seinem Blick standhalten konnte und nicht rot wurde. »Das weiß ich.«

»Hm.« Nun sahen seine Augen wieder grün aus, dieses besondere Schauspiel verwirrte mich und sorgte für ein Flattern in meinem Magen. Sicher war es nur eine optische Täuschung.

»Bild dir ja nichts ein. Im Moment bist du lediglich auf Bewährung. Wenn du dich gut benimmst, darfst du mich in zwei Jahren fragen, ob ich dich heirate.«

»Küss mich.«

»Du spinnst wohl!«, fuhr ich ihn an. Er sollte sich gefälligst wortreich entschuldigen und nicht irgendwelche absurden Forderungen stellen!

»In Ordnung. Dann muss ich wohl die Initiative ergreifen.« Für seine Größe sprang er erstaunlich schnell und elegant auf, griff meine Hand und zog mich auf die Füße.

Mein Puls jagte und ich erwartete, dass er mich küssen würde, doch stattdessen hob er mich auf seine Arme.

Böse stemmte ich die Hände gegen seine Brust. »Das kommt gar nicht infrage. Lass mich runter!«

»Nein.« Mit großen Schritten durchquerte er die Küche, den Flur und strebte direkt auf mein Schlafzimmer zu.

»Du hast dich nicht einmal entschuldigt!«

»Ich plane, mich heute Nacht mindestens fünf Mal zu entschuldigen.«

Seine Worte jagten einen Schauer über meinen Körper.

»Aber –«

Ach, zur Hölle! Warum protestierte ich eigentlich? Noch bevor wir das Bett erreichten, schlang ich meine Arme um seinen Hals und küsste ihn stürmisch.

Epilog

Am Flughafen war ich dann doch nervös. Ich war schon öfter geflogen, aber Australien erschien mir so unglaublich weit weg. Doch die Aussicht, Claudia endlich wiederzusehen, beflügelte mich.

In der Schlange zum Check-in überlegte ich gerade, was ich ihr zuerst erzählen sollte, wenn sie mir endlich leibhaftig gegenüberstand. Oh Gott, hatte ich meinen Strohhut eingesteckt? Die Sonne würde mich sonst sofort in Flammen aufgehen lassen!

Mein Handy unterbrach den Gedankengang. Eine SMS von Bertram, sofort stahl sich ein Lächeln auf meine Lippen. »Ich hoffe, du liebst mich auch noch, wenn du in das Flugzeug steigst.«

Sofort schnellte mein Puls in die Höhe. Das konnte nichts Gutes bedeuten. Was hatte er getan? Die Reihe vor mir bewegte sich und ich stolperte weiter, während es in meinem Kopf wie nach einem Hurrikane aussah. Während ich noch an meiner Antwort feilte, war ich schon an der Reihe. Lächelnd reichte ich dem Angestellten meinen Ausweis. »Guten Morgen.«

»Guten Morgen, Frau Stritsch. Willkommen in der Businessclass von Quantas. Hier sind Ihre Boarding-Karten für München und Dubai, mit dieser Karte hier können Sie den vollen Umfang unserer Service-Lounge an Gate 23 nutzen. Ich wünsche einen guten Flug und viel Spaß in Sidney.«

Mit zwei Handgriffen hatte der Mann mir den Koffer abgenommen und mir dafür die Tickets in die Hand gedrückt. Ich war verwirrt, immerhin hatte ich nur ein kleines Upgrade für die Economyclass dazu gebucht. Das musste ein Fehler sein.

Ehe ich etwas sagen konnte, drängelten die Leute hinter mir und schoben mich förmlich zur Seite. Meine Finger umklammerten die Tickets und ich überlegte, was zu tun war. Auf der einen Seite fühlte es sich nicht richtig an, auf der anderen Seite lagen insgesamt 22 Stunden

Flug vor mir und es wäre sicherlich schön, den Luxus zu genießen.

Noch einmal sah ich zum Schalter, bevor ich beschloss, es darauf ankommen zu lassen. Wenigstens konnte ich so den Luxus der Lounge vor dem Abflug genießen und sollte es in der Maschine nach Dubai auffallen, würde ich mich einfach in die Economyclass setzen, gleiches galt für den Weiterflug von Dubai nach Sydney. Die Sicherheitskontrolle dauerte eine gefühlte Ewigkeit, und als ich völlig entnervt am Gate 23 ankam, hatte ich nur noch eine halbe Stunde bis das Boarding für die Businessclass begann. Die Zeit reichte allerdings für einen wunderbaren Latte macchiato in der Lounge und ich sank erleichtert in einen der weichen Sessel.

Endlich erinnerte ich mich daran, dass ich Bertram wegen der mysteriösen SMS ausquetschen wollte. Als ich mein Handy aus der Tasche zog, war der Bildschirm schwarz. Egal, wie oft ich die Home-Taste drückte, er blieb dunkel. Warum war denn der Akku leer? Ich hatte es doch extra über Nacht geladen. Großartig, hoffentlich gab es gleich im Flugzeug eine Ladebuchse. Denn ich würde es nicht wagen, mein Handy hier in der Lounge zu laden, obwohl die Steckdose mich fröhlich anlachte. Ich kannte mich, wenn ich nicht mein Handy hatte, das mich an alles erinnerte, dann vergaß ich auch alles.

Wohl oder übel musste ich hoffen, dass ich das Handy schnell anmachen konnte, bevor der Flieger abhob. Der exzellente Kaffee versüßte mir im wahrsten Sinne die Wartezeit, und als mein Flug aufgerufen wurde, stand ich mit Herzklopfen auf.

Irgendwie erwartete ich, dass mein Vergehen mir auf der Stirn geschrieben stand, doch die Damen am Schalter strahlten mich nur übertrieben liebenswürdig an, scannten meinen Reisepass und wünschten mir einen entspannten Flug. Aufgeregt ging ich die Gangway durch, ein weiterer Blick auf mein Ticket, dann wurde ich in eine räumlich abgeteilte Kabine für zwei geführt, die tatsächlich eine Art Sitzbetten enthielt.

Leider hing auf dem zweiten Sitz eine Jacke, ich hatte gehofft, allein mit meiner Flugangst fertig werden zu können.

Die Stewardess verstaute mein Handgepäck für mich und verschwand wieder. Ehrfürchtig setzte ich mich und sah mich um. Zumindest mein Handy würde ich hier laden können. Hinter mir erklangen Schritte und ich ahnte schon, dass ich gleich meinen Sitznachbarn kennenlernen würde.

Mit seinen ganzen 1,90 Metern ließ Bertram sich in den Sitz fallen und hob sofort abwehrend die Hände. »Nicht herumschreien.«

Auf meiner Stirn pochte eine Ader und Wut baute sich in mir auf. »Was tust du hier?«, zischte ich aufgebracht.

»Also streng genommen habe ich keine deiner Regeln gebrochen, ich habe keine neuen E-Mails gelesen.«

Ich fuchtelte mit der Hand durch die Luft. »Drück dich verständlich aus, ich habe keine Ahnung, wovon du redest.«

»Cliff«, antwortete er schlicht und umfasste mein Handgelenk. Er streichelte die empfindliche Haut. »Die Aussicht, zwei Wochen, ohne dich zu verbringen, erschien mir irgendwie nicht verlockend. Und Claudia hat mich mit ihrem ganzen Gerede über Cliff eben nervös gemacht. Ich möchte nicht, dass ein anderer dich leckt.«

Natürlich lief in diesem Moment die Stewardess vorbei, doch sie zog nicht einmal die Augenbraue hoch. Ich hingegen schlug die Hände vors Gesicht und stöhnte leise. »Bist du verrückt?«

»Nein, meine Eltern haben mich testen lassen, als ich noch ein Kind war.«

»Okay. Okay. Langsam. Also bist du auch für das spontane Upgrade verantwortlich?«

Sein feines Lächeln war Antwort genug. Er hatte keine der Regeln gebrochen, im Grunde konnte ich nicht sauer sein. Ehrlich gesagt war es sogar ganz schmeichelhaft, dass er eifersüchtig war.

»Claudia wird dir gefallen.« Ich wühlte in meiner Handtasche und suchte nach dem Ladekabel für mein Handy.

Mein Freund zog sein eigenes Handy hervor und drückte ein paar Tasten. Plötzlich leuchtete mein Display auf. »Du bist wirklich ein Arsch«, zischte ich.

Erschrocken schlug Bertram die Hand vor den Mund. »Dass ich es noch erleben darf, dass du fluchst! Wahnsinn!«

Mein Akku war also gar nicht leer. Plötzlich hielt er mir einen hellgrauen Karton hin. »Hier, zur Wiedergutmachung, weil ich dein Handy manipuliert habe.«

Empört zog ich die Nase kraus, nahm das Päckchen trotzdem. Ich löste die große Satinschleife und bekam schon beim Anblick des vertrauten Einschlagpapiers ein warmes Flattern im Bauch. Jason Wu. Ganz eindeutig, das Papier konnte ich mit geschlossenen Augen erkennen. Unter meinen Finger lag ein feiner, dunkelbrauner Merino-Pullover mit V-Ausschnitt. Ich blickte zu Bertram, der mich verliebt anlächelte.

»Damit dir hier unter der Klimaanlage nicht kalt wird.«

»Und damit ich dir keine Champagnerflasche auf dem Kopf zertrümmere.« Er lachte leise und wieder eilte die Stewardess vorbei. Meinte ich das nur, oder wirkte ihr Lächeln inzwischen etwas bröcklig? Sie kam aber auch in den ungünstigsten Momenten vorbei.

Bertram wirkte entspannt und ich vermutete irgendwie, dass er schon öfter in der Businessclass gesessen hatte. Oder er war einfach nur froh, dass ich nicht allzu sauer geworden war?

»Warst du schon einmal in Australien?«

Er nickte: »Vier oder fünf Mal.«

»Mach dich schon mal darauf gefasst, mir alles darüber zu erzählen. Zeit haben wir ja genug.«

Sofort sah er wieder aus, als hätte er in eine Zitrone gebissen. Doch er antwortete tapfer: »Ich kann es kaum erwarten.«

Warum war der Mann nur so geheimnisvoll? Ich war ja schon froh, dass der Bundesnachrichtendienst zu seiner Unterstützung angerückt war und nicht, weil er etwas ausgefressen hatte.

Noch immer streichelte ich selbstvergessen den weichen Pullover. »Bedeutet das jetzt eigentlich, dass ich nie wieder alleine wegfahren darf?«

»Natürlich darfst du alleine weg, wenn keine Cliffs in der Nähe sind. Oder Freundinnen, die dich an den Mann bringen wollen. Oder Männer überhaupt.« Er dachte angestrengt nach, ob er etwas vergessen hatte, und ich lachte.

»Schon klar.« Dann küsste ich ihn.

»Champagner?«, fragte die Stewardess freundlich. Wir nickten beide und sie reichte uns die Gläser. Flüchtig dachte ich darüber nach, wie sie reagieren würde, wenn ich sie nach einer großen Flasche fragen würde. Ich grinste.

Bertram hielt mir das Glas hin. »Auf uns.«

»Auf uns.«

***

Von: els.stritsch@cherie-magazin.de
An: claudia.piene@yahoo.co.au

Wir landen in zehn Minuten in Sidney. Oh Gott. Ich bin so aufgeregt. Bertram ist übrigens dabei. Die Stewardess hasst uns. Erst haben wir über Oralsex gesprochen, dann über Champagnerflaschen und schließlich hatten wir Sex. Also hier im Flugzeug.

Wusstest du, dass man von hier aus E-Mails schicken kann?

Bis gleich! 1000 Küsse,

Els

ENDE

Liebe Leserin, lieber Leser,

danke, dass Du Dir die Zeit genommen hast, mein Buch zu lesen. Ich hoffe, es hat Dir gefallen und ich konnte Dir ein paar nette Stunden bescheren – denn darum geht es mir, wenn ich schreibe.

Die Haruki-Murakami-Zitate stammen aus:

Das Flugzeug: Blinde Weide, schlafende Frau. Übersetzerin: Ursula Gräfe. DuMont Buchverlag, Auflage: 2, Januar 2007. ISBN 978-3832179526, Seite 70.

und

Lederhose: Wie ich eines schönen Morgens im April das 100%ige Mädchen sah. Übersetzerin: Nora Bierich. Berliner Taschenbuch Verlag. Auflage: 4, Februar 2005. ISBN 978-3833300462, Seite 24.

Die Reihe besteht bisher aus:
»Das erste Date« (August 2013)
»Die zweite Nacht« (Oktober 2013)
»Ein halber Kollege« (Kurzgeschichte, November 2013)
»Desaster Nummer 3« (Januar 2014)
»47 – Unklare Absichten« (Kurzgeschichte, April 2014)
»Zweidrittelmond« (Juni 2014)
»Nur vier Wochen« (Oktober 2014)
»Dreiviertelvoll« (Dezember 2014)

Weiter geht es mit:
»Schon wieder die verflixte zweite Nacht« (Novelle, Dezember 2014)
»Neun Cocktails sind ein halber zu viel« (Novelle, Dezember 2014)
»Fünf gute Gründe« (Februar 2015)

Bis dahin bleibe ich natürlich nicht untätig. Alle Neuigkeiten von meinen Büchern und mir findest Du

auf meiner **Homepage**
http://www.natalierabengut.com

auf **Facebook**
https://www.facebook.com/rabengut

auf **twitter**
https://twitter.com/rabengut

4732045R00071

Printed in Germany
by Amazon Distribution
GmbH, Leipzig